Au bord
du désert d'Atacama

Au bord du désert

Laure des Accords

d'Atacama

Pour l'écriture de ce roman, l'auteure a bénéficié
d'une bourse du Centre national du livre.

ISBN 978-2-493213-35-8

Le Nouvel Attila
127, avenue Parmentier, 75011 Paris
www.lenouvelattila.cfr

L'extase du vol rendait ses yeux rayonnants.

James Joyce,
Portrait de l'artiste en jeune homme

Tout à l'heure, autour de la maison des Cuevas, entre l'océan et le Marais mouillé, la nuit se dissipera. On verra des lumières trembler entre les herbes, des couvées de soleil remuer dans les feuillages. Elles ne tarderont pas à s'élancer sur les murs, heurtant au passage les carreaux d'une fenêtre sans volets ni rideaux. Elles se faufileront sous les tuiles du toit, certaines flotteront jusqu'à la mer, d'autres iront éblouir le Marais, attendrir le chant d'un oiseau, rendre leur or aux lentilles d'eau dans les conches bordées de frênes. Elles annonceront la fin de l'hiver.

Mais pour l'instant la nuit est encore fraîche, elle laisse un goût de fer dans la bouche. L'odeur sucrée du printemps, ce sera pour plus tard.

Derrière la fenêtre sans volets ni rideaux, Juanito vient de se rendormir. Son drap est remonté jusqu'au menton, sa couverture pend au bout du lit.

Cette nuit, il a bataillé dur contre des ours affamés, des foulques à demi folles. Il serait bien allé chercher du réconfort auprès de sa mère, mais Nicanor l'a interdit.

Et puis il y a tous ces tableaux un peu effrayants dans le long couloir qu'il faut traverser : des femmes en robe noire qui se tordent les mains en regardant la mer, des chevaux de trait, lourds et fatigués, qui traînent des charrettes sur la grève, la mer épaisse et grise, menaçante et grondeuse, peinte au couteau.

Juanito s'est rendormi avant l'aube, la tête tournée vers les étoiles.

À l'autre bout du couloir, dans la chambre aux volets fermés et à la fenêtre verrouillée, Amalia s'est réveillée dans le noir. Si brusquement que son cœur s'affole. Il lui semble avoir entendu des cris, des sons étranges, des rires méchants.

Oppressée, suffoquée. Elle ne sait plus qui elle est ni où elle se trouve. Le temps et l'espace se confondent. Une remontée brutale dans le monde des vivants.

Peu à peu son cœur s'apaise, les esprits tapageurs s'éloignent, la mémoire lui revient.

Elle est dans son lit. Elle entend à côté d'elle la respiration lente et profonde de Nicanor.

Amalia ferme les yeux, les ouvre, recommence. La même nuit. Identique, profonde, impénétrable.

Pourtant elle devine sans les voir les lourds rideaux lie-de-vin qui s'écrasent en plis sur le parquet, à gauche le petit secrétaire en acajou – les tiroirs sont toujours fermés à clé – et sur le mur, à droite, les portraits des parents de Nicanor, celui de Santiago Cuevas, engoncé dans son costume de notable, la moustache bien taillée, l'air suffisant, et celui de Jeanne-Marie Cazeau, sa jeune femme aux yeux verts, déjà affaiblie par une maladie des poumons. Sur sa chemise en dentelle, à col montant, elle arbore la broche vendéenne en forme de double cœur couronné et sommé d'une croix.

Amalia se dit qu'il n'y a rien d'elle dans cette chambre. Rien qui lui appartienne. De temps à autre elle apporte un coquillage, un bouquet de feuilles qu'elle place sur le rebord de la fenêtre. Mais très vite ils disparaissent.

Parfois, la nuit, elle revient chez elle, au Chili, elle égrène quelques notes dans sa tête, s'enhardit, compose un petit orchestre. Elle convoque la flûte, le violon, la guitare, et c'est une musique gaie, rapide et joueuse qui attendrit sa mémoire.

Il y a bien longtemps, Amalia savait peindre la musique, et les couleurs dansaient, dansaient sur la toile.

La Faute-sur-Mer, Vendée, France

1986

C'est dans la cuisine qu'elle peint, les jours de colère. Quand elle sort de l'hiver, de son enterrement.

Assise à côté de l'eau qui bout, bouche ouverte, tranquille, les mains sur les genoux, Amalia fixe le mur blanc au-dessus du buffet.

Sage. Sage comme une image.

Elle sait bien qu'il faudrait qu'elle se lève, qu'elle éteigne le gaz sous la casserole, qu'elle commence les gestes du matin. Préparer le petit déjeuner. Du chocolat pour Juanito et du café – très fort – pour Nicanor, avec deux tranches de pain beurrées. Puis la vaisselle, les courses en ville, plus tard, dans la matinée.

Dehors on entend un chien qui aboie, un éclat de voix, un oiseau qui fait claquer ses ailes, sûrement un corbeau. Au loin, une rumeur. La mer se réveille. Elle n'est pas loin.

Amalia regarde ses pieds nus, roses et propres. Des pieds de petite fille.

Et comme une enfant elle voudrait faire des choses interdites.

Par exemple sortir en pleine nuit dans le jardin et danser.

Avec ces pieds-là.

Personne ne la verrait. Elle entendrait à nouveau la petite musique dans sa tête et elle oublierait son corps épais, son ventre qui fait des bosses sous la robe, sa poitrine lourde. Ses seins qui montent et qui descendent, qui montent et qui descendent…

Amalia s'est arrêtée sous la voûte bleutée du tilleul. Elle a dénoué le foulard autour de sa taille, et puis elle a ôté ses habits : la chemise de nuit en coton, le maillot de corps en dessous, les chaussettes de laine – elle a toujours froid aux pieds. C'est l'âge, lui a dit Nicanor.

Cette nuit elle voulait retrouver celui qui, autrefois, la faisait danser au son du bandonéon, sous les lampions en papier de couleur. *La nuit où tu m'aimeras, depuis le bleu du ciel, les étoiles jalouses nous regarderont passer.*

Cette nuit, elle était une petite mariée en robe de dentelle blanche attendant son amour.

Elle a regardé le ciel. Le vent étoilé a soulevé sa robe. Ses mains au-dessus de sa tête faisaient comme de lents mouvements d'oiseaux.

Amalia, blanche et nue, a continué de danser en regardant le ciel.

Qui s'est tu.

Alors elle a dansé, dansé, dansé encore comme si elle voulait s'envoler.

Et puis elle est tombée.

Avec toutes les lumières et tous les lampions.

Lourdement.

Avec son corps de cinquante ans.

Son dos a glissé contre l'arbre du jardin, et elle a cherché parmi les ombres quelque chose à aimer, à commander, à dévorer, pour étinceler encore une fois, encore.

Ses mains entre ses cuisses ont froissé là, caressé là, rossé la robe à toute volée.

La terre avait l'odeur de la mer. Les feuilles, un parfum de marée.

Bouche ouverte, cou tendu vers les étoiles, attendant du ciel une aumône, elle a cru remonter le temps, mais son cri piteux n'a pas même ému la nuit.

Qui s'est tue.

Alors les étoiles sont tombées les unes après les autres.

Amalia désenchantée s'est relevée, il a fallu basculer sur le côté, maîtriser son souffle, prendre appui avec la main gauche, se mettre à genoux, doucement, pour ne pas faire craquer ses os, se redresser, garder l'équilibre, ramasser les vêtements éparpillés, rentrer à la maison, se rhabiller dans le noir – le maillot de corps, la chemise de coton, le foulard de soie, plusieurs tours autour de la taille. Panser le ventre. Nettoyer ses pieds maculés de terre grasse. Frotter. Oublier. Préparer le petit déjeuner. Rallumer le gaz sous la casserole. S'asseoir en attendant le jour, le juste retour des choses. Faire de la patience une force nouvelle.

Des ombres grises s'accrochent encore aux murs, aux rideaux, aux étagères chargées de pots de farine, de sucre et de café. Dans l'alcôve, à sa gauche, Amalia commence à distinguer l'imposant vaisselier avec sa corniche en baldaquin, les assiettes en faïence, enguirlandées de cygnes vert pâle et de cornes d'abondance.

Les cuivres, à leur tour, se réveillent et font trembler, au rythme des nuages qui passent, de beaux éclats d'or rouge.

Contre le mur du fond, à côté de la porte de la cuisine, sur le buffet en merisier sculpté de fleurs, de rosaces et de coquilles Saint-Jacques, un vase en porcelaine laisse deviner de bleues bergères surveillant leur troupeau.

C'est comme cela que l'on te veut. Sage, sage comme une image.

Et sage, sage comme une image, les mains sur les genoux, Amalia fixe le mur blanc au-dessus du buffet.

Mais voilà que le mur commence à trembler, à se couvrir de petites ombres noires, vacillantes, évanescentes, une foule de petites ombres qu'elle croit reconnaître et qui attendrissent soudain sa mémoire.

Ne bouge pas, ne pleure pas. Tu sais où ça te mène, de pleurer. Éteins le gaz sous la cuisinière, attache tes cheveux, ferme les yeux. Ferme-la.

Les ombres sur le mur se mettent à danser, à s'enlacer, à s'envoler, des ombres folles de bonheur qui ne connaissent pas le bout de la nuit, le chagrin des abandons.

Viens avec nous, Amalita. Danse avec nous ! Regarde !

Ils sont tous là. Tous ses amis de l'atelier des beaux-arts de Santiago : Pilar, Isabel, Augusto, Jael, Flavio et Rosario…

Mais Amalia reste là, assise, figée dans le temps, les pieds froids, le cœur lourd. Le vide à l'intérieur, le pull qui se soulève. Les seins dessous qui montent et qui descendent, qui montent et qui descendent.

Viens avec nous !

Chacun souffle à son oreille un souvenir oublié. Et voilà qu'ils sortent du mur un à un, en se tenant par la main.

¡ Recordate, Amalita ! Souviens-toi ! On dansait sur les lits, sur les tables, la nuit et les jours de grand vent… On faisait « le

tango en l'air »... On peignait de grandes fresques colorées, le sourire d'Angela Davis, les mains de Paco Ibáñez... La rue était comme emparadisée. Avec nous la patrie s'emplit de couleurs...

Ils tournent et farandolent de plus en plus vite autour de son corps. On dirait une guirlande de papier, les mains fondues, confondues, des figures blanches, des bouches qui s'ouvrent dans des bruits de crépon. Ils s'épuisent et s'époumonent, les voix s'éraillent, les rires sombrent. Pilar, Isabel, Augusto, Jael, Flavio et Rosario s'évanouissent dans les plis ombrés de sa mémoire, laissant derrière eux des traînes de lumière.

Souviens-toi du Chili, Amalita !

Amalia presse ses poings sur ses yeux. Elle donne de petits coups d'épaules en avant, en arrière, comme si elle voulait se débarrasser d'un vêtement trop lourd, trop chaud, trop encombrant. Pas de larmes, non, pas tout de suite. Elle veut remonter le temps, retrouver la cohorte des danseurs, les amis joyeux d'autrefois. Elle veut pousser la porte de son atelier des beaux-arts à Santiago du Chili. Sentir à nouveau la peinture et la térébenthine, le café et le parfum d'El niño.

Elle est assise devant son chevalet, il s'est approché et il a posé une main sur son épaule.

« Comment s'y prendre pour faire s'envoler les cheveux, le rond des robes et le sourire des femmes, au son du bandonéon ? Comment peindre la musique, Amalia ? »

Puis sa main descend le long de la manche de sa blouse, elle va chercher sa main à elle, quelque chose dans le mouvement de ses doigts. Amalia, vaincue, baisse les yeux, et entre les deux pans de sa blouse ouverte elle ne peut s'empêcher de sourire à l'immense fleur rouge, insolemment épanouie, brodée sur sa robe noire. La fleur tourne, tourbillonne sur son ventre, entre ses cuisses.

Amalia se remet à peindre des danseurs, le vent qui souffle dans les cheveux des femmes. Et la musique.

El niño a vingt ans. Elle en a presque le double.

Son pinceau danse avec la peinture, au rythme du désir qui la tenaille.

Sans le savoir, El niño, comme elle l'appelle, vient de poser et pour toujours sa voix d'homme-enfant sur la toile. Elle donnera du volume aux couleurs, l'envie du retour aux ombres fuyantes.

Mais El niño n'est pas encore un nom murmuré dans la nuit, il est pour l'instant ce jeune militant qui trace sur les murs de Santiago des oiseaux, des drapeaux, des mains au blanc violent, des pinceaux aux dents rouges. À l'aube ou pendant la nuit, les jeunes artistes de la brigade Ramona

Parra font fleurir sur les murs de la ville des œuvres collectives. Ils ont tous répondu à la proposition de Pablo Neruda, qui soutient le président Allende. Tandis que les traceurs se chargent des contours des lettres ou de dessins très simples, les remplisseurs colorient l'intérieur.

Avec ses camarades Roberto Matta et Alejandro Gonzales, Eugenio écrit l'histoire de bas en haut, de long en large, une histoire où la couleur comme une fulgurance laissera sa trace en ce monde.

Un bruit de pierre, la caresse franche d'un pinceau. Ils sont partis.

Dans la cuisine de sa petite maison de La Faute-sur-Mer, au bord de l'océan Atlantique, Amalia ouvre les yeux. Son corps n'est pas plus lourd qu'une fleur de tournesol. Elle dénoue son foulard emmêlé autour de son ventre avec des gestes d'amante, fébrile, impatiente, elle ferme les yeux et se remet à danser.

Santiago du Chili, rue Maruri
1986

En présence d'El Niño, les secteurs tropicaux et subtropicaux du Pacifique est et ouest intervertissent pratiquement leurs climats habituels.

De très fortes pluies affectent le nord et le centre du Chili.

À ce moment, même l'Atacama, le désert le plus sec du monde, reçoit quelques ondées.

Ses sols arides et bruns se couvrent de fleurs. Le spectacle est féerique.

Dans la douce matrice du sommeil, El niño ouvre les yeux. Il est l'ombre portée de sa conscience quelque part dans un espace doux et secret à l'intérieur de lui.

Il ne veut pas encore savoir qui il est vraiment ni où il se trouve en réalité. Il est couché contre le flanc d'une femme inconnue.

Il vit et respire, ne voit que la peau blanche, la vie qui court en dessous, l'entrelacs des veines roses et bleues et, tout près de sa bouche, la courbure de son sein. Il est, entre ses bras, le premier-né, le premier bercé, le premier aimé.

Il sent le sourire de la femme courir jusqu'à sa bouche. Elle l'encourage à se nourrir…

Ou à mourir.

À mourir ? El niño ne veut pas se réveiller tout à fait. Il veut retenir avec ses yeux la peau blanche et vivante, le corps de la femme et le bout de son sein.

Tout à coup une lumière intense, et violente, pénètre le corps de la femme, fait voler en mille éclats de verre le sourire à peine entrevu, ses bras blancs, ses cuisses serrées, son sexe caché.

Dans la chambre, rue Maruri, à Santiago du Chili, le soleil se retire.

Le rêve se dilue dans son corps, dans sa mémoire…

Il est temps ! Il faut quitter le monde des vivants.

Eugenio ne voit plus que le mur en face de lui. Un mur qui refuse obstinément de réfléchir.

Il ne voit plus que la trace de ses propres doigts autour de l'interrupteur, la crasse accumulée par la fumée des cigarettes. On dirait un mur qui n'en finit pas de cicatriser, d'exhiber ses douleurs, ses plaies contuses. Des auréoles au contour violacé, jaunies en dedans.

Comme sur leurs fesses, leur ventre, leurs cuisses.

Eugenio ferme les yeux pour ne plus voir ce mur qui en sait long sur lui. Qui sait bien qui il est.

Quand il rentre chez lui, au milieu de la nuit, il est un homme qui cherche à tâtons le chemin de son lit et qui jette n'importe où ses vêtements comme pour se débarrasser d'un fardeau, trop lourd, trop encombrant.

La Faute-sur-Mer, Vendée, France
1986

Quand Nicanor est entré dans la cuisine, il a trouvé Amalia couchée sur le buffet.

Le vase était tombé, s'était brisé en tombant. Bris de coquilles vides. Bleues bergères au cou coupé. Gerbes fauchées. Ciel fendu.

Tournée contre le mur, les genoux relevés, les mains entre les cuisses, elle dormait. Sa robe était remontée au-dessus des genoux, son pull était taché de bleu, de croûtes sombres. Ses pieds étaient nus, roses et propres, des pieds de petite fille.

Sur le mur au-dessus d'elle Amalia avait peint des lianes emmêlées, des tiges tortueuses d'entre lesquelles sortaient des copihues aux corolles évasées, rouge sang, humides de lumière et de pluie. Et cette pluie affolée aux couleurs vives éclaboussait tout le mur. Les fleurs donnaient naissance à des oiseaux sans yeux ni bec qui s'envolaient dans le blanc silence au-dessus du buffet.

Sans un mot, Nicanor est allé chercher sous l'évier ce qu'il fallait pour balayer les morceaux du vase brisé. Il a fait le moins de bruit possible, il n'a pas cherché à écouter un bruit de cœur, une respiration difficile. Il est sorti de la cuisine pour téléphoner, comme il lui arrivait parfois de le faire quand Amalia, terrassée, terrorisée, voulait en finir avec les ombres infernales qui venaient la traquer jusque dans sa maison. On la suivait des yeux, on voulait lui prendre son fils, la jeter à la mer. Elle prenait alors Juanito par la main et elle allait s'enfermer dans son atelier au fond du jardin. Elle ouvrait à grand-peine la porte de son refuge, malgré les supplications de Nicanor, pour accepter un peu de nourriture, un vêtement propre pour son petit. Cela pouvait durer des journées entières avant qu'elle ne sorte, épuisée, vaincue et honteuse.

« J'ai pris le ciel pour un enfer, le sifflement du vent pour une sirène, j'ai cru lire dans les arbres des menaces insensées, j'ai déchiffré les pierres sous mes pas et j'ai compté les minutes et les secondes qui me séparaient des visages grimaçants des fantômes qui me poursuivent. J'ai senti leur souffle tiède sur mon cou et entendu leurs mots sales couler dans mes oreilles. Ils sont ma folie. Il faut que je retourne là-bas, disait-elle enfin, je veux retrouver ma chambre-boîte, là où je serai en sécurité. Pour moi, pour toi, Nicanor, et pour mon enfant chéri. Je veux dormir et ne me souvenir de rien. »

« Nicanor Cuevas, La Faute-sur-Mer, rue des Chardons, au 58… Amalia Basoalto… cinquante ans… Non… Je ne sais pas… Si, plusieurs fois… À l'hôpital d'Aytré… De l'halopéridol… de la loxapine… je crois, je ne suis pas sûr… Pour l'instant elle est… sur un meuble, oui… Une sorte de buffet, dans la cuisine… Non… bien sûr. J'attends… »

Et puis il est retourné dans la cuisine, il a enjambé le foulard bleu sans se donner la peine de le ramasser, il s'est assis à sa place devant sa tasse vide et il a attendu qu'Amalia se lève et vienne le servir. Il attendait que tout soit comme avant : le café brûlant, les tartines, le bruit frotté des chaussons d'Amalia sur les dalles rouges, ses petits halètements, ses gestes précis, économes, et en face de lui Juanito, le regard perdu sur sa mère, en train de grignoter un petit pain. Le silence ordinaire du petit déjeuner, chacun encore enveloppé dans sa nuit, s'efforçant de broyer les mauvais rêves à coups de mandibules et de petits rituels.

Il faisait encore sombre dans la pièce. Le soleil ne se levait pas, la mer se taisait, les oiseaux ne chantaient pas. Dans sa tête les mots bruissaient, s'emmêlaient, se chevauchaient, un chagrin d'enfant noyait son âme, une colère d'homme fouettait son sang et l'amour harcelant qu'il éprouvait pour Amalia finit par lui donner la parole, lui qui ne savait pas se débrouiller avec les mots, lui qui ne disait jamais rien de bon, de joli, de tendre et de délicat, comme dans les livres, lui qui ne savait parler qu'aux chevaux et aux absents.

Alors du bout des doigts Nicanor a renversé une à une les trois tasses du petit déjeuner, il les a pour ainsi dire couchées sur la toile cirée où pâlissaient des gerbes de mimosa. Ensuite il a soulevé sans bruit sa propre chaise qu'il a placée près du buffet et il a regardé le mur éclaboussé de couleurs. Les fleurs et les oiseaux avaient disparu, il n'y avait plus que des coulures brunâtres, des traces qui ne menaient nulle part, comme si la peinture elle-même avait cherché en vain une issue, un coin de ciel, pour s'évader. Un tâtonnement aveugle et fou.

Santiago du Chili
La Faute-sur-Mer, Vendée, France

Il fait rouge, il fait bleu dans la nuit des faubourgs de Santiago.

Les lampions se balancent et font pâlir la nuit. Amalia est dans les bras d'El niño, elle chuchote un secret dans sa bouche, et elle voit tout à coup le ciel égrené et ouvert, des planètes, des plantations vibrantes, l'ombre perforée criblée de flèches, de feu et de fleurs, la nuit qui écrase, l'univers. Ses souliers reculent, reculent encore, frappent la nuit, obéissent aux pas qui l'entraînent au son du bandonéon.

Tu as trop bu et tu ris, enfant, que crois-tu ? Je vais t'apprendre ce que je sais, je vais te coucher sur ma toile, je vais t'enfermer dans mon lit de pommes, de vent et d'oiseaux qui ont perdu le nord, qui s'en vont n'importe où. Je vais te peindre un grand chapeau à ruban noir, un costume sur mesure avec de petites rayures, comme un vrai danseur de tango. Regarde-moi, murmurait-elle, dans cette nuit où mer et nuit sont tes yeux, El niño, regarde-moi.

Crac. Et puis soudain tout s'éteint dans sa tête.

Va te coucher !

Amalia, por favor...

Amalia sait bien qui a pu éteindre ainsi les couleurs, la lumière, le temps, le sourire de l'amour et les bruits de la vie.

Les voix sont revenues. Toutes de colère tenues. Pour la rappeler à l'ordre, à la raison, à la mort.

Noires et glacées elles ont traversé son crâne, troué la lumière vive, imposé de l'au-delà leurs mots de chair et de sang. Souvenances mortes. Enfouies. Elles ont retroussé le temps, retroussé les lèvres, montré les dents.

Va te coucher, Amalia !

La voix de maître Tapia, son père. Son corps de pierre, sa peau sèche et ridée sur les mains, la moustache mal peignée masquant la bouche, petit orifice par où les mots éclatent, font trembler l'air et le cœur d'Amalia dans sa poitrine de petite fille.

La voix sort du cou maigre, serré dans son col blanc, et la petite bosse sous la peau qui monte et qui descend, qui monte et qui descend, quand la colère n'est pas loin, quand elle est encore dans les yeux, dans le pli de la bouche – amère –, la voix qui sort du trou.

La colère d'Antonio est froide, tendue, rude et râpeuse comme le dos d'une truite.

Amalia avait quitté son lit de petite fille malgré le noir, malgré la tempête qui secouait le monde derrière les carreaux. Elle tenait sa poupée Maryca par les cheveux, et les boucles noires, douces et brillantes faisaient comme des bagues autour de ses doigts. Amalia à pas de loup. Petit fantôme blanc dans sa robe de nuit. Seule dans le long corridor qui mène au bureau d'où sortent les voix.

Loup, y es-tu ? Loup, y es-tu ? Surtout ne pas réveiller dans leurs cadres dorés le condor au cou pelé, la foulque géante, le grand cachalot qui montre les dents, le puma au corps puissant. On les devine à peine. Elle les connaît par cœur : toujours prêts à bondir, à s'envoler, à s'entre-dévorer.

Amalia à pas de loup jusqu'à la porte du bureau. La voix de son père, sa voix de notaire, l'odeur de tabac froid, les mots qui tombent de sa bouche comme des billes de verre, des mots qu'elle ne comprend pas. « Il est expressément stipulé… La présente clause est une condition substantielle sans laquelle… et lui conférer force exécutoire… Vu la requête… le motif doit être fondé sur un motif légitime et sérieux… Par conséquent vous devrez obéir… », et puis la voix de Soledad, sa mère, qui fait sortir de sa gorge d'oiseau des promesses courtes et définitives : « Oui, monsieur, *no, señor…* » Elle entend, plus forte, plus vive et triomphante, la voix d'Antonio qui règle à coups de virgules et de points la vie de sa famille, qui lui doit obéissance, en toute circonstance.

Avec elle, pas besoin de contrat. Les yeux et la bouche suffisent pour faire plier son cou de petite fille.

Le vent fait trembler les vitres de la maison, une lumière humide et blanche passe sous la porte.

Amalia tient Maryca par les cheveux, sa poupée se balance, nue, au bout de ses doigts. Les petits pieds de plastique rose frappent à la porte.

Toc, toc, toc…

Maryca ! Maryca ! Que fais-tu, malheureuse !

Mais Maryca fait la sourde oreille, son corps est tendu.

Toc, toc, toc…

Maryca ! Maryca ! Tu n'as pas peur du loup ?

Les petits pieds sont durs comme de la pierre. Les talons claquent.

Quand il ouvre la bouche, ses dents sont rouges !

Toc, toc, toc…

Derrière la porte les voix se sont tues, le vent retient son souffle, la lumière tremble.

Maryca tombe et dans sa chute a donné le signal.

Le loup a ouvert la porte et se tient sur le seuil de sa forêt, son antre secret. Au fond, un battement d'aile, le souffle d'un ange.

Antonio voit la poupée. Sans un mot il se penche pour la ramasser, la tient à la hauteur de ses yeux. Il lui sourit et d'une main caresse ses cheveux. Sa langue longue et sèche lèche les joues. Puis c'est un pied qui trouve le chemin de sa bouche… Antonio a fermé les yeux. La bosse sous la peau de son cou monte et descend, prend tout son temps. Monte et descend. La langue est rouge, les lèvres humides, la bouche suce avec de petits bruits de bulles qui crèvent un pied de plastique rose aux ongles peints.

Et Maryca disparaît dans le bureau avec le loup.

Va te coucher !

Le loup est revenu en pleine nuit rapporter Maryca. Elle a senti son odeur, son haleine chaude.

Au pied du lit gît son amour. Cheveux coupés, joues salies, les yeux vides.

Morte.

Le lendemain Amalia avait enveloppé Maryca dans un grand foulard de soie bleu volé à sa mère et l'avait couchée dans un trou, son berceau froid, derrière la Villa rouge, là où maître Tapia, son père, ne mettait jamais les pieds.

C'était un jardin mal entretenu où poussaient des fleurs sauvages, où quelques tortues faisaient leur nid sous la terre.

Et c'était sous la terre aussi qu'Amalia cachait ses poupées mortes de froid, de peur ou d'effroi, des poupées qu'aucun baiser de petite fille ne pouvait plus réchauffer.

Un jour, elle avait voulu creuser son propre trou, une cachette dans laquelle elle aurait pu venir s'asseoir de temps en temps et d'où, les mains sur ses genoux, elle aurait pu observer à loisir la vie souterraine grouillante d'asticots, de fourmis laborieuses, de brindilles frémissantes.

Un peu de vie, enfin.

Mais elle avait eu beau creuser la terre et déchiqueter quelques racines brillantes de suc et d'humus, elle n'était pas parvenue à l'éventrer suffisamment et les pierres avaient eu raison de sa pelle d'enfant.

Alors elle avait rentré le cou.

Elle avait fait comme ses tortues. Oui, exactement comme Alfonsina et Josefina, qui avaient élu domicile dans le jardin de la Villa rouge. Elles faisaient glisser leurs pattes griffues et rentraient en toute hâte leur long cou jaune à l'intérieur de leur carapace.

Étrangement à l'intérieur d'elle-même ce n'était pas le silence. Ni le noir. Il n'y avait pas rien. Mais toutes sortes de lumières et de bruits qui chahutaient, s'entremêlaient, se transformaient, prenaient visage humain, la prenaient par la main.

Alors elle avait décidé qu'un jour elle ferait sortir toutes ces lumières étourdissantes et qu'elle peindrait le bruit, les mouvements des corps et les mots qui bouillonnent.

Pour les autres.

Pour tous ceux qui en rentrant le cou dans leur carapace se retrouvaient dans le noir.

Va te coucher, Amalia !

Dans la cuisine Amalia retient l'air dans sa bouche, la colère dans ses poings. Elle veut retrouver Maryca vivante, El niño dans ses bras, les pas de danse et le soleil dans la rue.

Les mots cognent encore à l'intérieur de son crâne comme des roulements de tambour.

Le silence qui suit est plus terrifiant encore.

Il est noir, comme les voix.

Son corps se fige, se tend. Des armées de fourmis guerrières grimpent sous sa peau, dans ses jambes et dans son ventre, elles avancent tambour battant jusque dans sa poitrine. Elles déferlent en escouades rageuses dans ses bras, dans ses mains ouvertes comme des étoiles. Leur acide se répand dans ses veines, dans sa bouche, dans ses yeux. Mais elle est prête au combat.

Elle est la foulque géante, le grand cachalot qui montre

les dents, le condor à tête rouge qui bat l'air de ses ailes immenses. Elle est l'eau et le feu. La lave et le sable.

Les fourmis sont emportées, noyées définitivement dans de grandes coulées d'ambre et de soleil. Elles disparaissent dans le flux tellurique qui menaçait de tout submerger, de tout éventrer.

Maintenant Amalia sait exactement où chercher, dans le buffet, derrière les assiettes en porcelaine et les porte-couteaux en marbre noir, des tubes de couleur, des chiffons trempés d'huile.

Elle regarde le mur blanc au-dessus du buffet, des fleurs écloses, inouïes, au bout des doigts.

La Faute-sur-Mer, Vendée, France
1986

Je vais attendre, veiller sur ce corps échoué, le corps de ma femme endormie. Mais qu'est-ce que tu regardes encore, Amalia, les yeux fermés, tournée contre le mur ? La bouche salie. Tout ce rouge autour de ta bouche… Tu as peint avec tes doigts comme une enfant. Mon amour, ma pauvre petite fille. Qu'est-ce que c'est encore que toute cette histoire ? C'est absurde.

Avant tout ça, avant eux, tu peignais de drôles de petites bonnes femmes en robe de dentelle, rondes et lumineuses. Elles volaient, les cheveux au vent, elles riaient, elles s'amusaient du désir des hommes. Elles effrayaient les oiseaux.

C'étaient des femmes toujours en mouvement, en plein vol, des femmes en route.

Et maintenant, Amalia, ton corps est devenu lourd. Tes ailes sont tombées. Définitivement. Comme le vent, comme la nuit, comme mes bras autour de toi.

La première fois que je t'ai vue, dans le salon de la Villa

rouge, tu dormais, exactement de la même façon. Les genoux relevés, les mains entre tes cuisses. Tu portais des mules roses en équilibre sur tes pieds d'enfant. Elles étaient tout près de glisser. Je n'ai pas réfléchi. Je les ai ôtées, l'une après l'autre, pendant un temps qui m'a semblé infini. Je sentais monter en moi une fièvre intense, infernale, j'avais la gorge serrée, et ma bouche se remplissait d'un flot de salive que j'avais peine à avaler. J'avais l'impression que j'allais me noyer dans mon propre corps. Je ne voyais que tes pieds, roses et propres, aux ongles minuscules. J'avais quinze ans et j'étais troublé, tourmenté d'amour pour une petite fille de huit ans aux pieds nus.

Tu te souviens ? J'étais venu chez vous, à Santiago, avec mon père, maître Cuevas, un des rares amis de ton père, pardon, de maître Tapia, comme tu l'appelais.

Moi aussi je voulais devenir un grand magistrat, un avocat célèbre… Mais tu sais bien, les mots n'arrivaient jamais dans le bon sens, je parlais à l'envers, je bégayais, je mêlais des phrases qui ne finissaient jamais, je les tournais en ridicule. Alors le plus souvent, je me taisais…

J'ai perdu la langue de mon pays le jour où j'ai vu mourir ma mère. J'avais à peine huit ans quand mon père et moi avons quitté la maison de mon enfance, dans cette région de France où les marais bleuissent et se couvrent d'or au gré des saisons. J'avais emporté toutes les chansons et toutes les histoires que ma mère m'avait laissées en cadeau. Sa voix couvre encore le bruit de mon chagrin. Et il m'a fallu beaucoup de temps pour accepter de parler une autre langue, pour ensevelir mes souvenirs avec d'autres mots. Pour trahir mon enfance.

Ce jour-là, dans le salon de la Villa rouge, tu as dû sentir une présence auprès de toi. Une sale odeur de fièvre peut-être. Ou le froid. Ou mes yeux qui dessinaient des choses sur la plante de tes pieds. Je ne sais pas.

Tu as ouvert les yeux, tu as bâillé comme le font les enfants, sans mettre ta main devant ta bouche, tu t'es assise et tu as remis tes petites mules roses. Ton regard a glissé sur moi, comme si j'étais une ombre incongrue et passagère. Tu m'as tourné le dos et tu as commencé à raconter des histoires à tes poupées.

Mais si tu m'avais une seule fois regardé, Amalia, tu aurais peut-être vu des larmes, de l'effroi, une admiration éperdue et aussi des sourires de reconnaissance.

Après le récit des félonies, des désaveux, des parjures, tu rétablissais l'ordre du monde, tu prévoyais des fins heureuses, des mariages, des naissances à venir, des retrouvailles. Surtout des retrouvailles. Et ce qui était merveilleux, Amalia, c'est que j'entendais le bruit des lames au combat, les cavalcades et le hennissement des chevaux, j'entendais la terre gronder, les ruisseaux chanter, le froissement des étoffes. Et chaque bruit avait une couleur, une odeur, l'illusion était totale. Je m'en allais avec toi, Amalia, je te suivais partout.

Tous les mots que tu disais me rentraient enfin dans le crâne avec facilité, avec élégance, ils se laissaient apprivoiser. Ils se laissaient faire.

Et moi aussi je voulais devenir poète, montreur de mots, grand voyageur. Mais les histoires, comme les vers volés, restaient coincées à l'intérieur de moi.

Toujours incapable de parler.

Quand tu dors, quelquefois je te regarde et je délivre en silence les phrases et les mots, les vers appris par cœur, tous ceux qui me viennent du ciel ou de la terre, qu'importe, mais tous les mots que je ne peux pas dire.

Je te trouve belle.

Mais parfois je voudrais te battre, te faire mal, cogner comme un sourd à ta carapace de tortue.

Je n'en peux plus de tes silences, de tes absences, quand ton esprit s'en va à la dérive, te ramène au pays, vers un autre que moi.

Aime-moi, Amalia.

C'est un ordre.

Raconte-moi des histoires, Amalia.

Je ferai semblant d'y croire.

Amalia, réveille-toi, je t'en supplie. Réveille-toi ! Ils vont revenir, ils vont t'emmener loin de nous, t'enfermer encore une fois.

Alors voici ce qu'on va faire. Voici ce qui va se passer. Quand ils arriveront, tu leur diras que tout va bien. Que c'était un grain de folie, une folie passagère, et on leur claquera la porte au nez. Tu vas voir. Ils vont en rester comme deux ronds de flan. Tu m'entends, Amalia ? Comme deux ronds de flan. Et on reprendra notre vie d'avant. Rien que nous trois.

Mais tu ne m'écoutes pas. Tu fais mine de regarder ailleurs. Tu te fais toute petite au fond de ton corps pour que je ne te voie pas. Toute petite au fond d'une carapace de tortue.

Parle-moi, Amalia, parce que je ne vais pas tenir très longtemps comme ça.

J'ai soif, j'ai tellement soif… Ça me démange là-dedans. Je n'en peux plus de tes silences, je veux boire avec du bruit autour de moi, je veux me remplir de rires, de voix enflammées par l'alcool, je veux toucher des coudes, entendre le claquement de ma langue et encourager les chevaux, moi aussi, les yeux rivés au poste du PMU, au trot, au galop ! Stradivarius, Divine du Fosse, Dalabama, Câlin de Morge. Plus vite, nom de Dieu ! On va gagner, s'en mettre plein la lampe !

Je vais quitter cette pièce, Amalia, si tu ne te réveilles pas tout de suite. Je vais laisser la porte ouverte, la grille du jardin aussi.

Ils te trouveront bien. Oui, bien emmurée dans ton silence. Ils savent ce qu'ils ont à faire.

Santiago du Chili, rue Maruri
1974

Il a froid mais restera nu sur son lit. La main sur sa poitrine, Eugenio voudrait contenir la nausée, le dégoût, les souvenirs effroyables. C'est comme un mauvais levain à l'intérieur de lui. Qu'on l'emmène ! Que quelque chose advienne pour le faire disparaître, sans douleur, sans violence. Il vient d'avoir vingt et un ans, mais son corps souffrant est celui d'un vieillard.

Il a beau serrer les dents, fermer les yeux, faire comme si, résister, la nuit l'emporte et puis le mange, le ramène invariablement dans le ventre d'un grand navire où il fut souillé, avili, humilié.

Emilio, Guillermo, Camilo, Amador et Teresa sont allongés dans le noir à côté de lui, recouverts d'une épaisse couverture. Tous des membres de la brigade Ramona Parra. Des amis, des compagnons de lutte, des militants comme lui.

Ils font semblant d'être morts.

On ne les a pas abandonnés sur un chemin de terre, ni jetés dans le désert d'Atacama, ni emprisonnés à Chacabuco, dans l'ancienne mine de salpêtre, ni laissés pour morts dans une geôle empuantie de la rue de Londres à Santiago du Chili. Non, ils font semblant d'être morts dans la cale de l'*Esmeralda*, qui sert pour l'heure de laboratoire de tortures.

L'un d'eux lève la tête et il est exécuté sur-le-champ. Ils sont une centaine à attendre les coups du sort.

Ils font semblant d'être morts malgré les cris, les hurlements des torturés, au-dessus d'eux, au-dessous d'eux.

Emilio : On m'a pendu dans une tombe…

Sergio : … et obligé à boire l'urine de mes bourreaux.

Amador : On m'a pendu par les pieds et enfoui la tête dans un puits de boue…

Camilo : … frappé à coups de bâton. On m'a bandé les yeux.

Carlos : Et pour nous faire parler, on nous a envoyé de l'électricité partout sur le corps.

Teresa : Je les entendais rire pendant qu'ils me torturaient.

Eugenio : Ils m'ont fait chanter.

Teresa : Ils ne m'ont pas bandé les yeux.

Eugenio : J'ai chanté.

Et pourtant, dans une belle indifférence encore au-dessus, encore au-dessous, le ciel et la mer, dans un même mouvement, brassent indéfiniment des nuages, des oiseaux en pagaille.

Sous les couvertures les hommes sont comme des grains de maïs tombés en terre n'importe où, n'importe comment, déjà vendus aux ténèbres, au froid, au rien absolu, aux mains qui les attendent.

Espèce de salaud, où as-tu mis la dynamite ? Fils de putain, où est-ce que tu as caché les armes ? Espèce de salaud, où as-tu mis la dynamite ? Fils de putain, où est-ce que tu as caché les armes ?

La peur engloutit les cœurs, les foies, les estomacs, les intestins – surtout les intestins. Couvée dans le ventre des hommes, c'est une hydre monstrueuse, dévorante, qui croît, se multiplie, effarée par la facilité avec laquelle elle se fraie un passage.

La Faute-sur-Mer, Vendée, France
1986

Juanito à son tour est entré dans la cuisine. Il n'a vu d'abord qu'une chaise vide, l'absence de corps sur cette chaise, là où il devait se trouver. Cela faisait comme un grand trou dans l'espace et dans le temps. La pièce tout à coup s'est rétrécie, s'est obscurcie. Un pas de plus, c'est sûr, et il allait tomber par-dessus bord.

Et puis il voit la casserole abandonnée sur la cuisinière, les trois tasses renversées sur la table, et par terre le long foulard bleu, comme une mue de serpent abandonnée.

Juanito croit aux enchantements. Il est né dans un pays où les esprits des Indiens Mapuches rôdent encore dans les nuages. Sa mère lui a souvent raconté l'histoire de Huenchumir, le fils de l'ours, qui avait grandi dans les ténèbres d'une grotte avec sa mère, une jeune et belle Indienne. Quand il était parvenu à s'enfuir, il avait été ébloui par la lumière, les arbres, les ruisseaux et les oiseaux merveilleux.

Il y avait aussi l'histoire de la Pincoya, la divinité de la fertilité des eaux, qui dansait sous la lune en regardant la mer. Ses longs cheveux roux se répandaient en cascade sur ses épaules et elle était si belle que les poissons eux-mêmes en restaient bouche bée.

Lui aussi voulait faire partie des « gens de la terre » et parcourir les forêts, les plaines et les vallées du Chili, le pays du bout du monde. Mais il se contentait de galoper autour du jardin de maman-tortue avec des bruits de chevaux. Quand il était fatigué, il creusait la terre avec ses mains, ses ongles, ses genoux, et puis il allait s'asseoir en tailleur parmi les fleurs et attendait, immobile, que le soleil se couche, que les abeilles se posent en vibrionnant sur ses lèvres, que les mouches bourdonnent dans ses cheveux. Son corps était une écorce dure qui résistait aux assauts des bêtes, aux coups de vent. Il était fiché en terre, les mains enfouies dedans comme des racines, et sa langue cherchait tout autour de sa bouche le suc, le miel, de l'eau de pluie. Peu à peu dans le silence et le vide, la lumière et le vent, le jardin se vidait dans ses yeux, des ombres noires frangées de flammes orangées brûlaient tout, jusqu'à l'horizon.

Alors il tombait en avant, il criait, il pleurait pour faire revenir la lumière. Il n'était pas prêt à rester dans les ténèbres, comme une tubéreuse, un tronc noirci par les orages. Ses tentatives pour devenir un valeureux guerrier se terminaient toujours de la même façon. Il rampait parmi les fleurs, les écrasait avec son ventre – leur odeur écœurante – puis finissait par retrouver l'usage de ses jambes – ses pattes de veau à peine né – et allait retrouver maman-tortue qui l'attendait dans la cuisine.

En le voyant arriver elle lui souriait et s'en allait chercher dans un tiroir, parmi les vieux couteaux, les bouchons de liège et les élastiques à confiture, une brosse au dos d'argent. Elle revenait s'asseoir en soufflant un peu – de petits halètements, la langue glisse, les mots dessous – et il posait la tête sur ses genoux. Elle le coiffait sans un mot, passant et repassant les poils tendres de la brosse dans ses boucles salies par la terre et la sueur que le vent avait séchées.

Maman-tortue n'était plus à sa place, mais il sentait déjà l'odeur de son corps, de sa fièvre, de ses rêves. Il n'avait plus peur de tomber.

Il n'a vu d'abord que son dos. Elle dormait. Des fils blancs, des fils bleus, des flammes rousses crépitaient dans sa chevelure. Peut-être était-ce le soleil ou la lune, encore dans ses cheveux.

Elle dormait au bord du désert d'Atacama.

Le miracle avait eu lieu encore une fois. Sa mère avait convoqué le dieu du Ciel et de la Poésie et elle avait fait surgir du sol aride et sec de son pays une symphonie de couleurs vives. Sur le flanc de montagnes embrumées coulaient de belles fleurs blanches semblables à des flocons de neige, qui venaient se mêler aux griffes de lion rouge sang, aux éclats d'or, bleus, mauves et roses des pattes de guanaco, des añañucas de la Cordillère, des soupirs des champs. Mais surtout entre des lianes volubiles aux feuilles trempées de pluie naissait la fleur du souvenir, un copihue aux corolles évasées, d'où s'envolaient des nuées d'oiseaux multicolores.

Sur cette fresque magnifique sa mère avait raconté son histoire, son pays, les légendes et les secrets de son enfance. Il suffisait de regarder, de comprendre.

Certains soirs, quand il avait peur du vide et du ciel noir, sans lune et sans étoiles, Amalia lui racontait l'histoire de cette fleur de sang, le copihue, née des larmes des Indiens Mapuches. Des guerriers étaient montés dans les arbres pour voir le résultat de la bataille. En voyant leurs camarades morts, ces survivants s'étaient mis à pleurer et leurs larmes étaient devenues des fleurs aussi rouges que le sang, la colère et le chagrin. Grâce à elles, on se souviendrait longtemps des esprits des soldats morts au combat.

Et puis il y avait aussi l'histoire d'El Niño, le dieu qui volait au secours des fleurs enfouies sous la terre du désert d'Atacama…

Pour que la vie éclate en mille couleurs, il fallait qu'El Niño se mette à pleuvoir – à pleurer – longtemps et très fort. Il fallait que son chagrin soit immense.

Mais de son amour et de sa compassion naîtraient la plus belle des symphonies, le plus beau tableau du monde. Alors, le jeune dieu se mettait à danser au-dessus des nuages, pressait ses poings sur ses yeux pour retenir les larmes de toute une vie. Et puis, quand le moment était venu, El Niño desserrait les poings, s'agenouillait sur les nuages, et la terre étanchait son chagrin, buvait ses larmes douces, elle pansait ses blessures, ses craquelures, ouvrait ses lèvres meurtries par la poussière et le vent.

Il n'avait jamais demandé à maman-tortue pourquoi le jeune dieu était si triste, quel chagrin immense était le sien. Il ne voulait pas se charger des larmes d'un autre, fût-ce le dieu du Ciel. Il voulait seulement convoquer des étoiles, trouver la lumière, fleurir les murs enténébrés de sa chambre de garçon. Il voulait que maman-tortue chuchote encore des histoires à son oreille sous le drap relevé au-dessus de leurs têtes.

Mais elle finissait toujours par s'en aller et rejoindre Nicanor dans son lit, lui qui ne cessait de l'appeler : « Amalia ! Amalia ! », comme un enfant perdu.

Alors elle le laissait seul avec le terrible Cherruve, l'ogre des légendes mapuches, qui dévorait les hommes et les bêtes, seul avec la couleuvre à deux têtes, avec les ours au regard d'homme, les hommes au regard de fauve…

Quand elle refermait la porte de la chambre, Juanito pressait les poings sur ses yeux – très fort – pour ne pas pleurer et voyait, en se concentrant, des constellations, des lunes rousses grosses comme des oranges et même une fois la chevelure d'une comète qui n'était jamais revenue.

Nicanor était ce corps encombrant qui sans cesse venait s'interposer entre eux, comme une menace d'amour dont ni l'un ni l'autre ne voulait.

Mais Juanito revenait toujours les yeux mouillés, les dents serrées, le ventre lourd.

Invariablement. Jusqu'à sa mère. Il lui tournait autour, suant, soufflant, respirant fort. Et sa main venait fourrager dans ses cheveux – Juanito, va dans ta chambre, va dormir un peu –, glissait sur son dos et plus bas encore – Tu entends ce que je te dis, Flaquito ? Sa main claquait, sa langue aussi.

« Exécution ! »

Au trot, au galop, il allait se cacher dans son lit. Il relevait le drap au-dessus de sa tête pour ne plus rien laisser passer, ni la lumière trop vive de l'après-midi, ni les bruits de cavalcade.

Et les bras tendus, loin derrière lui, comme un nageur qui fait confiance à la houle, il dérivait lentement dans le chaud de son corps, dans la sueur qui mouillait les draps, dans les battements étouffés de son cœur, le bruit de son sang.

Il passait dans l'autre monde, à fleur de ciel, au-dessus d'un grand champ de lumières blanches.

Juanito laissait venir à lui des frères imaginaires. Il voulait jouer avec eux, se mêler à leurs jeux, s'emmêler avec eux, caracoler lui aussi, jouer à la bagarre. Sans se faire mal…

Mais quand il osait enfin leur tendre les bras ils s'enfuyaient en riant, en se moquant de lui, et le montraient du doigt.

« Hou, hou, Flaquito, le tout maigre, va-t'en ! On ne veut pas de toi. »

Quand il arrivait à Nicanor de sortir, Juanito se sentait en sécurité, l'air était moins épais, moins visqueux, les murs moins laids, sa mère plus belle. Il venait s'asseoir à ses pieds. Elle faisait semblant de dormir dans son fauteuil préféré, près de la cheminée. Elle ouvrait alors ses genoux puis les refermait lentement sur ses oreilles, comme deux lourdes portes d'ivoire capitonnées de bleu.

Il n'entendait plus rien des bruits du monde, seulement le

souffle tendu de la mer. Elle le berçait entre ses cuisses larges, son corps tanguait comme un navire, il devinait sa voilure.

Elle chantait.

Et ils partaient tous les deux dans l'ombre de l'eau, dans les plis du soleil.

Une fois, une seule, dans son enivrement il s'était retourné. *Loup, y es-tu ? Loup, y es-tu ?*

Nicanor était arrivé et dans un grand fracas de mots noirs, de coups de poing, de coups de sang, tout avait chaviré.

Absolument tout.

Maintenant maman-tortue dormait au bord du désert d'Atacama, là où finit le monde, entre la Cordillère et l'infini de la mer.

Juanito a refermé doucement la porte de la cuisine. Il est allé chercher son blouson dans sa chambre et il est sorti de la maison. Dans le jardin il a ramassé au passage une paire de chaussettes de laine abandonnée sous le pommier, il l'a enfouie dans l'une de ses poches et il est parti en direction de l'Océan.

Lui aussi était né au bord du monde.

Et puis ils sont arrivés.

L'ont tirée du sommeil, par les pieds, par les mains. « Madame Basoalto ? Vous m'entendez ? » Ont éventré ses rêves à coups de mots. « Réveillez-vous ! Ouvrez les yeux ! » Il fallait qu'elle revienne à elle, qu'elle revienne à eux. « Ouvrez les yeux ! » À des histoires à dormir debout. « S'il vous plaît, madame, vous m'entendez ? » Toujours entendre, tendre l'oreille, donner des réponses, entendre, écouter le bruit de la langue dans leur bouche, le bruit des mots entre leurs dents. « Vous pouvez me dire votre nom ? »

Qui je suis ? Qui peut répondre à cela ? Je suis la liane et le feu entre les bras de mon amant de vingt ans, je suis Maryca aux yeux vides, à la poitrine froide, je suis la voix de ma mère, les mots dans sa gorge, sa terreur, sa douleur, la blessure dans son ventre.

« Réveillez-vous ! »

Je dors au fond d'une fleur géante, la fleur de mon pays, ne me réveillez pas.

Je n'en dirai pas plus. J'ai perdu ma langue.

L'ont embarquée.

Par les mains, par les pieds, au centre hospitalier d'Aytré.

Hôpital d'Aytré, Vendée, France
Service de psychiatrie, 1986

Ses yeux, sans éclat, sous les paupières froissées, se concentrent sur la bouche. Il reste quelques traces de rouge entre les fines ridules au-dessus de la lèvre supérieure. Ce matin, Iris a dû se maquiller avec soin devant son miroir, et puis elle est partie travailler. On est vendredi, elle a invité quelques amis à dîner.

Amalia observe que le Dr Taven écrase ses lèvres l'une contre l'autre quand elle a fini de parler. Cela produit son petit effet. Ce silence. Une sorte de suspens. Mais Amalia ne comprend pas ce qu'on attend d'elle. Elle aimerait avoir la force de dire quelque chose. Par sympathie. Mais rien ne vient. Non, vraiment rien. Et puis Iris Taven recommence à parler. Les mots s'enfuient à toute vitesse de sa bouche. Non, Amalia n'a pas le courage de les arrêter.

Son regard est attiré par les boucles d'oreilles qui font comme un mouvement de balancier. Deux croissants de lune en métal doré. Sur chacun d'eux est incrustée une pierre brillante. Un petit diamant. C'est l'œil de la lune. Amalia imagine Iris en train de choisir le bijou dans la vitrine du magasin. Elle est entrée, déterminée, polie. Elle a très envie de s'offrir ces boucles d'oreilles. Elle sourit à la vendeuse, règle son achat, glisse le paquet dans son sac et rentre chez elle. Et ce matin, Iris a choisi précisément ces boucles d'oreilles en forme de lune. Qu'est-ce qu'elle veut lui dire ?

Les lunes ont cessé leur mouvement de balancier. L'œil incrusté dans le métal est sévère et glacé.

Iris Taven ne parle plus. Elle écrase ses lèvres l'une contre l'autre. Sa bouche a disparu entre ses dents.

Et puis les lunes disparaissent à leur tour.

Il fait si sombre tout à coup.

Depuis combien de temps est-elle ici, enfermée dans cette pièce ? Qu'est-ce qu'on attend d'elle ? Qu'est-ce que tu attends, Iris ? Iris Taven.

Et puis elle comprend. Les mots lui font signe. Taven est une anagramme. Il suffit de replacer les lettres dans le bon ordre. L'ordre des choses.

Taven…

Va-t'en.

Voilà ce que cela signifie.

Pars. Disparais. Hors de vue, hors de portée.

Tous ces yeux à l'hôpital qui la scrutent, la jugent – une folle affolée, affalée sur sa chaise, un poids mort. Déjà.

Amalia voudrait se lever, mais son corps est lourd. Et dans le noir, comment faire ? Ses bras, ses jambes ne lui obéissent plus, prisonniers dans sa carapace…

C'est terrible.

Mourir dans son propre corps…

Elle pleure.

Elle ne peut plus s'arrêter de pleurer.

Alors elle tombe,

sur le dos.

Agite ses bras, ses jambes,

comme un bébé.

Un tout petit cafard.

Oh le coup de talon…

Iris ! Écrase-moi ! Je t'en prie, Iris, le talon, écrase-moi…

Hôpital d'Aytré, Vendée, France
Réfectoire, 1986

Quand Amalia ouvre les yeux, les chiens jaunes sont de retour. Elle les distingue à peine autour de la table du réfectoire, les fous cabossés de l'hôpital d'Aytré. Ils lapent avec avidité un peu de soupe répandue sur la nappe. Yeux fermés, pattes écartées, coudes pelés et noircis, ils se disputent la place, ces affamés. Leur arrière-train sûrement est en train de trembler. Ils ont l'odeur des fleurs fanées. Elle entend de petits grognements. Ce n'est pas de plaisir. Ils ont hâte d'en finir.

Et dans un vertige un peu doux il lui semble redescendre maintenant d'un lieu de velours, en apesanteur, d'un trône – ou de l'idée qu'elle se fait d'un trône – qui flotte dans les airs et qui l'élève au-dessus des hommes, au-dessus des fous, au-dessus de tout.

Elle est prise soudain d'une grande tendresse pour ces chiens jaunes qui jouent des coudes pour vivre malgré tout. Manger, manger, manger, s'en mettre plein le nez, les oreilles et la gorge. Par tous les moyens étouffer la pensée, l'empêcher de tourner en rond.

Elle voudrait maintenant partager le repas avec eux.

En face d'elle un chien jaune prend la parole. Elle ne le voit pas encore très distinctement. Sa gueule est noire.

« Vous êtes belle, vous savez ? Ça fait un moment que je vous observe. Tout le monde ici a les yeux morts, mais vos yeux à vous ils ont la couleur des chardons de mon enfance. Ni mauves, ni bleus, ni violets, ni blancs, et quand même tout cela à la fois. Ma mère me mettait en garde pourtant, mais je ne pouvais m'empêcher de les caresser, juste pour que ça pique un peu mais pas trop. Je voulais sentir toutes ces couleurs dans le creux de ma main. Avec les gens, c'est pareil vous savez, quand on les approche de trop près ils vous piquent avec leurs yeux. Mais il suffit d'un peu de patience, il faut savoir accepter les piqûres, les brûlures, les épines. Toi, tu me piques un peu le cœur mais pas trop – tu veux bien que je te tutoie ? On est pareils, toi et moi. Je suis un assassin devenu fou et toi un chardon. »

Amalia regarde le chien-assassin qui continue de laper sa soupe.

Elle comprend : Tu veux que je te tue, toi. Pourquoi pas ? Mourir de la main d'un assassin. Il doit avoir de l'expérience, il doit savoir y faire.

« Si je n'étais pas rien… passé dix ans en prison… tué un type. Un coup entre les yeux… Je veux boire avec toi… du vin… Comment tu t'appelles ?

– Beth, je m'appelle Beth… Un nom anglais… »

Elle a dit cela sans réfléchir d'une voix à peine audible. C'est venu comme ça. Tout seul.

« Alors, Bête, madame Bête, je vais boire avec toi. »

Et l'homme verse de l'eau dans son verre, le tend vers la lumière qui arrive de la fenêtre du réfectoire et change l'eau en vin. L'eau a la teinte des coquelicots, des cerises à peine mûres, d'un petit coucher de soleil en plein hiver.

L'homme-chien-Dieu lui tend le verre. Elle boit.

« Merci, c'est bon, ça fait du bien. »

Elle ne lui demande pas comment il a fait. Il ne dit rien de ce petit miracle.

« Regarde autour de toi, Bête. Tous ceux-là ont perdu la nostalgie de la lumière. Ils ne désirent plus rien. Ils dorment dans la cale de leur bateau, préfèrent la nausée aux oiseaux, le sommeil au soleil. Et quand il leur arrive d'ouvrir les yeux, les souvenirs les prennent à la gorge. C'est pour cela qu'ils ne peuvent plus parler ou que leurs mots s'enraient entre leurs dents. Si je n'étais pas rien, je serais leur capitaine. Je les servirais sans faillir. Mais cela fait trop longtemps que mes juges m'ont privé de gouvernail, de l'usage de mes jambes. Il y a beau temps que je n'ai plus le pied marin. Ce sont ces quatre murs qui me tiennent encore debout. C'est ici que je veux des souvenirs, avec mes compagnons de cale sèche. Regarde-les, Bête, ces chiens battus, ces oiseaux sans ailes, ces poissons aux yeux troubles, ces musaraignes affolées, ces tigres devenus fous. C'est ici qu'est le monde, tapi au fond des corps sauvages. Gilda, Victoria, Agnès, Mahmoud, Patrick, Emilio, Jean-Baptiste… Et celui-là qui fait le signe de la croix sur son ventre, son sexe, sa bouche, qui coupe du pain en petits morceaux, cet autre là-bas qui nettoie son assiette, jamais assez blanche, jamais assez propre, jamais assez vide, et puis la petite brune près de la fenêtre qui se cache derrière le pot de tulipes en plastique rouge, qui troue le silence avec son rire, toujours le même, et à la fin une note, toujours la même. Et lui, regarde-le, encore un enfant, beau comme un jeune dieu. Sa tête est lourde. Parce qu'il n'en peut plus de transporter dans son crâne son unique souvenir. Parce que le temps en génial inventeur, en infernal ingénieur, le rend chaque jour un peu plus vibrant, ravive ses couleurs, augmente le son, lui redonne sa primitive puissance. Alors quand tu sortiras d'ici, Bête, ne te laisse pas charmer par ses yeux trop clairs. Passe ton chemin. Moi, si je n'étais pas un assassin devenu fou, je me ferais voleur de souvenirs. Je les enfermerais dans un grand sac et je les brûlerais sur le tas de fumier au fond de mon jardin. Je chanterais très fort pour couvrir le froissement des flammes, le craquement de leurs os, et je les regarderais partir en fumée, monter haut dans le ciel et redevenir poussière. Et toi, Bête, à quoi ressemble-t-il, ton unique souvenir ? Celui qui te fait rentrer le cou ? »

L'homme-chien-Dieu-assassin et peut-être voleur de souvenirs avance vers elle une main rouge et maigre. Rouge et sèche.

Une araignée de mer, pense Amalia.

… Des griffes au bout des ongles…

Est-ce que ça fait mal de mourir ?

… cherchent son cou…

Ce n'est pas ce qui était prévu. Ce n'est pas une main d'assassin, cela, seulement une araignée de mer.

Amalia s'enfonce un peu plus dans son col, dans son corps enveloppé de lainages. Remonte sur son trône – ou sur l'idée qu'elle se fait d'un trône – au-dessus des chiens, au-dessus des fous, au-dessus de tout.

Seule avec son souvenir bien accroché dans sa mémoire, un cadre parfait, parfaitement visible de l'intérieur, jamais de travers, mais quand il faut le redresser d'un clignement de paupière, et quand la mémoire s'effrite, il suffit d'un soupir pour que la poussière s'envole, aille reposer ailleurs. Ailleurs que sur les arbres en hiver, sur le ciel de juillet, sur le front, les yeux, la bouche de ce qui fut, de ce qui a été son amour, mis à genoux, mis à mort.

Seule avec son souvenir au bord du fleuve Mapocho qui roule des eaux noires, de petits éclairs blancs et sans doute beaucoup d'autres choses encore…

Santiago du Chili
1974

C'est l'hiver à Santiago.

Sous son manteau de laine, la robe est froissée. Elle a gardé la sueur et l'odeur des nuits d'amour. La robe froissée par les mains, les baisers d'El niño brutalement traîné, entraîné ce 23 juillet 1974 par deux hommes en manteau gris, le col relevé, à peine plus âgés que lui. Des hommes du quartier, les bourreaux ordinaires de la DINA, la police secrète du dictateur.

Quand ils sont passés, elle n'a pas osé regarder El niño.

Elle a bien accusé le vent, le soleil trop blanc derrière les nuages, les éclairs aveuglants du fleuve Mapocho.

Elle n'a pas levé les yeux.

Cette nuit-là pourtant, dans son atelier de la rue Ricantén, dans un grand désordre de pots de couleur, de chiffons trempés de tendre bleu, de couleurs gaies, de pinceaux échevelés, de vieilles boîtes en fer rouillé renfermant des trésors, elle ne l'avait pas quitté des yeux sur le tableau qu'elle voulait achever avant l'aube.

Elle en robe blanche et légère, couchée sur lui, son sourire sur sa bouche, ses seins découverts contre sa poitrine, sa main sous sa nuque, protégeant son amant. Lui, revêtu d'un beau costume de danseur de tango et coiffé d'un chapeau à ruban noir, sa main sur son dos, protégeant son amante.

Ils voguent dans une grande et large baignoire incrustée de dentelles, débordant de pommes rose et rouge qui offrent leur chair blanche et tendre. Deux anges, les cheveux au vent, les escortent en riant, un gros escargot de mer les précède, les guide, les entraîne dans son sillage.

Ils ont tout le temps devant eux.

Ils voguent sur les flots tranquilles d'un océan de nuages.

Mais quand les premières lumières du matin étaient venues jouer, danser, taquiner les couleurs du ciel qu'elle venait d'achever, elle avait reposé sans hâte le fin pinceau qu'elle tenait encore à la main, elle avait pris son manteau de laine et avait quitté son atelier sans bas et en souliers malgré la fraîcheur du matin. Il fallait qu'elle revoie El niño, qu'elle retrouve dans ses yeux l'éclat qui manquait au tableau. Elle allait traverser le fleuve Mapocho, prendre l'avenue Independencia, puis tourner à gauche dans la rue General Borgoño. Elle arriverait chez lui, rue Maruri. Elle ouvrirait les bras de son amant endormi et elle lui dirait : Regarde-moi, regarde-moi en cette nuit où je navigue, et où mer et nuit sont tes yeux. Je ne suis pas sortie de toi quand je m'éloigne. Elle chuchoterait à son oreille un secret merveilleux.

Et maintenant elle a peur, peur des hommes en gris, peur de son propre regard, de la peur dans ses yeux, peur d'être arrêtée à son tour, d'être interrogée, questionnée. Peur de souffrir, de mourir. D'être une femme sans courage.

Elle ne sait rien. Elle se dit qu'elle peint seulement la musique et le vent, le son du bandonéon et le regard des hommes dans le sourire des femmes. Elle ne sait rien de cet homme-là, de celui qu'ils vont mettre à genoux.

« Je ne sais rien, je vous le jure, d'Eugenio Rosas Contador, *mi amor.* »

Santiago du Chili
Salle d'interrogatoire de la Villa Grimaldi, 1974

Ils vont revenir et rétrécir encore un peu plus l'espace autour de moi.

Ils vont revenir. Je ne sais pas quand. Je ne sais pas comment. Je ne sais même plus comment. Mais je sais qu'ils vont revenir dans les intervalles d'un temps qui ne connaît plus la mesure. Un temps incompréhensible. Pour le corps. Pour le cerveau. Mon corps de femme devenu gris, spongieux. Dans chaque dépression des nervures noires, des filaments rosâtres.

Mon corps-cerveau mis à nu. Mis à disposition.

Et c'est ce qui me panique le plus.

Les coups vont revenir et ce que mon corps refuse absolument, c'est de ne plus rien voir du tout. Je n'ai plus qu'une obsession : profiter encore un peu de la lumière qui filtre sous le bandeau, ce minuscule interstice qui laisse le champ libre au regard.

Parce que ce que je vois au-dessous de moi est absolument magnifique.

Je veux impressionner mes yeux et ma mémoire. Je veux retenir pour toujours – parce que je veux vivre et que nous sommes deux dans mon corps – ces dessins géométriques joyeux et colorés qui ornent le carrelage de la Villa Grimaldi.

Un, deux, trois, quatre.

Au milieu de chaque carré, un encadrement ovale de mosaïques rose et violet.

Un, deux, trois, quatre.

Des roses pâles, des rose-rouge, des violets tendres, des violet-bleu, presque blancs.

On dit que les coups pleuvent. Ce n'est pas vrai, les coups ne pleuvent pas. Ils ne viennent pas d'en haut. Ils ne vous tombent pas dessus. Dans la réalité ils crèvent la croûte sèche de la terre, ils explosent le carrelage en mille fragments de terre cuite et vous rentrent dans le corps en s'accrochant partout où ils le peuvent comme des fusées de ronces enflammées.

Ce n'est qu'après le grand ébahissement que le corps devient béance, que le cerveau a enfin compris ce qui était en train de se passer. La douleur écorche, monte et jaillit, n'en finit pas de forer, forer encore, irrigue les cheveux, qui deviennent mille petites terminaisons nerveuses. Elle irradie l'espace qui se referme autour de vous comme une écorce brûlée.

Il se tenait derrière moi.

Quand il en a eu fini avec les coups, il a tiré un coup sec

sur ma tresse de cheveux noirs emmêlée d'un ruban rouge (j'ai pensé : Il veut éteindre la lumière, me faire marcher au pas, au trot, au galop, il veut jouer…).

Mes cheveux sont si noirs et si épais !

Je sens encore leur parfum d'eau claire, de vinaigre et de vanille. Mes cheveux sont propres et brillants, éclatants ! Quand je les lâche et qu'ils sont libres, ils descendent jusqu'au bas de mes reins. Ils s'entortillent et s'enroulent autour des poignets d'El niño, dans nos corps-à-corps, nos cœur-contre-cœur.

Mes cheveux sont les rênes qui nous conduisent là où nous voulons aller. Je suis monture et cavalière. Et au repos ils sont le berceau doux et odorant qui recueille nos rêves et le désir qui recommence.

Il se tient derrière moi et entreprend de me couper les cheveux.

Il a un petit rire nerveux.

Les ciseaux ripent, grincent, mâchent sans mordre ce qui lui résiste encore.

Il rit et tout à coup il me semble que je perçois nettement chacun de ses traits : la forme de sa bouche, la longueur de son nez, la couleur de ses yeux.

Il me ressemble.

Comme moi il a regardé le monde avec ses yeux d'enfant,

il a écouté des histoires et pour se faire câliner il a dit qu'il avait un peu peur.

Et puis est venu le temps où il a fermé les yeux et, quand il les a rouverts, il a vu de vraies armes, des câbles, des tiges de fer. Il a vu l'eau et la terre et il a su quoi faire.

Comme beaucoup d'autres.

Parce que c'est ce qu'il fallait faire. Ainsi va le monde. Il y a eu les histoires de son enfance et maintenant il y a la Grande Histoire, les Grands Hommes, les Grands Mots, les statues immenses érigées à la gloire des héros de la nation, ceux qui ont combattu les Indiens, les Mapuches, les Espagnols.

De vraies traces.

Il est temps maintenant d'effacer les autres traces, de laisser mourir sur le carreau ceux qui deviendront les sans-traces. Il est temps – et Dieu sait si on en a peu – de les faire disparaître dans l'eau, sous la terre et dans les airs.

Et puis faire disparaître la disparition…

Il est venu à bout de mes cheveux.

Il a jeté devant moi ma tresse emmêlée d'un ruban rouge.

Une corde sèche et blanche sur les carreaux rose et violet.

J'ai compté jusqu'à trois… J'ai compté jusqu'à mille.

Je n'ai rien dit parce que je n'avais rien à dire.

Je ne sais rien d'Eugenio Rosas Contador. *Mi amor.*

Hôpital d'Aytré, Vendée, France
1986

« Madame ? Madame Basoalto ? »

Amalia sent qu'on la tire hors du cadre, par les cheveux, par le bras, par un pan de sa robe, froissée là par les relents du fleuve et le vent qui apporte la pluie, par sa fièvre à elle dans ses doigts qui voudraient s'enfoncer dans son corps, le trouer, lui faire mal.

Extirpée du cadre. Dans la lumière vive. Sans un cri.

« Madame Basoalto ! »

Madame ouvre les yeux.

Est-ce le ciel encore au-dessus d'elle ? Blanc, dur et tendu. Et dans un coin, cette tache brune, cette souillure, là, on dirait une étoile crevée, éclaboussée de sang.

Sur le mur, à droite, elle reconnaît les deux grosses tulipes rouges enfermées dans leur cadre. Elles sont là depuis toujours, définitivement imperméables à la souffrance, aux cris des impatients.

Amalia sait bien qu'elle est de retour dans la chambre froide, sa chambre-boîte à l'hôpital d'Aytré.

Elle est redevenue une enfant malade, une folle à lier.

Soudain, sans crier gare, une chute. Quelque chose tombe. Du ciel. Ou de nulle part. Un masque sombre avec deux trous noirs à la place des yeux. Une bouche qui remue, articule, désarticule des mots qu'elle ne comprend pas. De nouveau on la questionne, on exige des réponses, on la presse de répondre.

Au-dessus de la bouche, elle distingue la haute silhouette de l'infirmier de garde. Elle a reconnu sa voix. Il s'est penché vers elle. Il veut lui dire quelque chose.

Se débarrasser de la bouche…

Qui continue de parler avec de grands mouvements de lèvres.

Une bouche, pense Amalia, qui voudrait bien être ailleurs, faire tout autre chose : fumer, boire, embrasser, dévorer.

Se débarrasser de la bouche.

Mais une voix attendrit tout à coup sa mémoire, lui rappelle un souvenir joyeux, une promesse à tenir. *Donne-moi la main et nous danserons, donne-moi la main et tu m'aimeras. Comme une fleur, nous serons, comme une fleur, et rien de plus.*

C'est la voix de Juanito qui chante à son oreille une comptine qu'elle lui a si souvent chantée quand il était encore un tout-petit.

C'était la chanson de sous les draps. Pour n'être plus que

deux, pour s'en aller en rêve et contre tous dans le désert d'Atacama après la pluie, pour se cacher parmi les fleurs, pour ne plus revoir les hommes en gris au bord du fleuve, leurs mains dures avec des bagues.

Où étais-tu pendant tout ce temps, Juanito, mon tout-petit ? *Caché au fond de ton ventre, maman, comme toujours.* Quand je n'ai pas levé les yeux sur ton père ? *Affolé par le bruit de ton sang, maman, ton cœur battait si vite.* Quand j'ai battu en retraite, tourné les talons, les bras pendus, la langue sèche ? Les mots ne venaient plus… *J'ai pleuré à ta place, maman, et caressé ton ventre avec mes mains, avec mes pieds de tout-petit.* Quand j'ai senti une main sur mon cou comme une lame glacée ? Le temps s'est arrêté… *Nous étions, toi et moi, como una sola flor y nada más, comme une fleur et rien de plus.*

Hôpital d'Aytré, Vendée, France
Bureau du Dr Taven, 1986

Iris se concentre sur la lecture du dossier. Elle a les traits tirés, des cernes bleus, les lèvres pâles. En face d'elle, Amalia l'observe. Ce matin, Iris ne porte pas de bijoux.

Une mèche de ses cheveux est retenue par une barrette en plastique bleu comme en portent les petites filles.

Amalia voudrait se lever, la prendre par les épaules, l'embrasser, la consoler parce qu'il lui semble qu'Iris est devenue vieille tout à coup. Elle qui devrait être en train de danser, de faire sonner des bracelets autour de ses poignets, elle qui devrait rire aux éclats pour rien sous le ciel bleu, se sentir vivante !

Amalia s'en veut de lui infliger sa présence, ses silences et tous ces bleus dans sa tête qui la font souffrir...

Cette barrette dans les cheveux d'Iris l'émeut terriblement.

Elle imagine la jeune femme en train de faire ce geste le matin, devant son miroir. Elle a repoussé derrière ses oreilles une mèche rebelle, et puis d'un geste sûr elle a glissé la petite barrette – piquant peut-être au passage la peau tendre juste au-dessus de la tempe droite –, elle l'a refermée et a entendu le claquement du fermoir.

Amalia voudrait tendre la main pour ôter cette barrette dans les cheveux d'Iris. Pour se contenir elle serre les poings. Très fort. Ses ongles trop longs, mal coupés, blessent la chair de ses paumes mais tant pis. Elle doit résister. Parce qu'elle voit sa main droite approcher du visage de la psychiatre, elle *voit* sa main arracher la petite barrette bleue, mais elle *voit* aussi l'effarement dans les beaux yeux violets d'Iris, sa peur et son dégoût. Elle entend sa bouche lui dire qu'elle est folle.

Elle voit ses yeux durcir, devenir noirs, et l'effacer de sa vie dans un battement de cils.

Oui, elle voudrait dénouer ses cheveux, la rendre libre de toute attache. Iris lui ferait comprendre qu'elle n'attendait qu'un signe d'elle et toutes les deux scelleraient leur alliance avec un rire complice. Elles danseraient, feraient des mouvements de tête et d'épaule, se séduiraient, se cajoleraient, caresseraient leurs cheveux, elles en feraient des tresses et des torsades, des rênes souples qui les conduiraient où elles voudraient. Hors les murs, hors d'elles-mêmes, le plus loin possible. Elles joueraient aux chevaux toute la nuit et leurs cavalcades ne cesseraient qu'au petit matin.

Épuisées, elles s'endormiraient à même le sol puis elles

reprendraient leur conversation, Iris assise sagement sur sa chaise, derrière son bureau, et, en face d'elle, Amalia l'écouterait, tranquille, les mains posées à plat sur ses genoux. Elle répondrait du mieux qu'elle pourrait à ses questions avec ses phrases blanches, ses mots vides de sens. Elle laisserait faire les yeux d'Iris. Qui savent tout. Comprennent tout.

Avec ses yeux, Iris peut tout faire. Elle peut découdre les bouches d'ombre, délier les langues, renouer les fils. Elle peut même entendre ce que les fous lui cachent.

Amalia compte beaucoup sur cette alliance secrète.

De l'autre côté de la table, Iris lève enfin les yeux et plonge son regard dans celui d'Amalia.

Santiago du Chili
Salle d'interrogatoire de la Villa Grimaldi, 1974

J'ai donné des noms, de fausses adresses.

Je n'ai plus mes yeux.

Ils coulent à l'intérieur de mes joues, de ma gorge.

Mes mains sont mortes, étranglées derrière mon dos.

Mon ventre liquide n'a plus de muscles et des os craquent jusque dans ma bouche.

Je voudrais que mon corps se dilue, ouvre les vannes. Une fois pour toutes.

Je n'ai plus de honte, je n'ai plus de pudeur.

J'ai trahi.

Trahi.

Ils étaient bien coiffés, leurs ongles étaient soignés. Les mêmes traits réguliers, le nez droit, le même grain de beauté sur la tempe droite, les mêmes vêtements. Rien ne les distinguait. Leurs doigts jouaient, s'amusaient, agaçaient un trombone, un élastique, un crayon bien taillé. Leurs mots étaient les mêmes : « On a ta femme elle est ici tu nous dis tout on la laisse partir sinon tu sais bien elle meurt elle est blessée on va la soigner tu nous dis tout ce que tu sais. »

Que la peau de mon dos se fende, que je me quitte enfin moi-même : un seul mouvement d'épaule, un infime et pitoyable mouvement d'épaule…

Et puis j'ai entendu sa voix.

« Il n'y avait pas d'autres moyens. »

« Je crois que c'était nécessaire pour obtenir rapidement des informations. »

Il n'y avait pas d'autres moyens ? Que mes yeux humiliés, mon ventre noir, ma voix arrachée…

Ce sont tes yeux qui m'ont sauté à la figure. Des yeux bleu pâle, presque liquides. Un regard impavide. Toi, mon ancien camarade de lycée. Brillant. Petit prodige.

Je me souviens de nous, assis côte à côte, sur le même banc, toi écrivant sans résistance, ton coude effleurant le mien, à intervalles irréguliers, quand moi je peinais à écrire trois lignes, alors que mon corps était encore gourd de fatigue et de joie.

Avec des garçons et des filles plus âgés que moi, la brigade Ramona Parra, on peignait jusqu'à l'aube de grandes fresques colorées sur les murs de Santiago, sur les rives du Mapocho, ou dans des bâtiments désaffectés.

Avec nous la patrie s'emplit de couleurs... Avec Allende nous vaincrons... Comme le pain, l'art et la culture sont un droit pour chaque être humain...

« Ne crois pas que ça me dégoûte, ou que je vais rester sans dîner... »

La couleur jaillit des visages aux lèvres épaisses, des fleurs qui ressemblent à des moulins, et des soleils qui ressemblent à des fleurs.

J'ai entendu Emilio tout à l'heure.

hurler

C'était l'un des traceurs de la brigade. En quelques secondes il faisait apparaître les contours d'un oiseau, d'un épi, d'un poing aux phalanges dures et noires.

hurler

« Beaucoup d'entre vous sont des idéalistes honnêtes. Moi aussi je suis un idéaliste honnête. »

Nous essayions de combattre les mitraillettes avec des pots de peinture...

Mais j'ai trahi

trahi

Quand elle est arrivée hier, avant-hier, l'autre jour, je ne sais plus, elle avait le ventre nu, les yeux bandés, les cheveux salis, courts et raides comme des herbes noircies à cause de trop de pluie, de trop de soleil, mais je l'ai reconnue, bien sûr que je l'ai reconnue, comme une mère reconnaît son petit, comme un homme reconnaît son chemin.

« Oui, c'est elle. »

J'ai pensé, j'ai dit, hurlé, peut-être murmuré, peut-être tout cela à la fois.

OUI, C'EST ELLE.

Et là, dans son ventre, il y a mon petit. Je l'ai su à l'instant même.

Alors j'ai trahi pour elle, pour lui, ce tout-petit, cet éclat de nous.

Alors j'ai trahi, dans la douleur et dans la honte.

Sans un mot ils ont emmené Amalia et le peu de lumière qui incendiait mes yeux s'est dilué dans la puanteur de ma prison. C'est alors que je t'ai vu enfin, Miguel, tel que tu seras toujours : un visage brouillé où plus rien n'est à sa place... Face rendue grotesque par les larmes, la morve, le sang et les humeurs.

Ce sont tes yeux qui coulent à présent, Miguel.

Hôpital d'Aytré, Vendée, France
Réfectoire, 1986

Amalia se concentre sur le dernier morceau de pomme cuite resté au bord de son assiette.

Écœurée.

Écœurée.

Écœurante Amalia.

La distance entre la cuillère et sa bouche lui semble infinie. C'est certain, sa main va trembler, le morceau de fruit mouillé va s'écraser sur ses cuisses ou pire encore glisser entre ses jambes.

Dégoût.

Dégoût.

Dégoûtante Amalia.

Fausse folle coupée en deux.

Elle voulait se cacher, se fondre dans la masse, oublier jusqu'à son nom, mais c'était sans compter les yeux des surveillants, des infirmiers, des chiens galeux, des araignées de mer.

Elle est cette femme tronquée, truquée, traquée par les sbires du directeur de l'hôpital. Ils s'amusent de sa folie, la poussent à bout, au bord d'elle-même, pour qu'elle saute et se noie, pour qu'elle disparaisse. Elle est devenue un sujet d'expérience. Et personne ne peut rien pour elle, pas même la Taven avec ses yeux violets qui écoutent si bien. Elle est si belle, Iris, toujours des bijoux autour du cou, autour des doigts, ou pendus à ses oreilles.

Mais de l'autre côté de la table un homme au sourire de loup, le regard chauffé à blanc, lui intime l'ordre d'en finir. Il pointe vers elle un doigt ganté de cuir. Une main noire qui a déjà pris les commandes de son corps et de son esprit.

« Avale, mais avale donc ! »

Alors elle s'incline. Le corps penché, l'esprit noyé. Les muscles de sa face se détendent, ses cheveux font comme un rideau tout autour de sa tête, les lèvres se retroussent, la langue épaisse et rose, étonnamment experte, sort de son trou et s'en va à grand bruit lécher le reste de nourriture.

Sa gueule est noire.

Les chiens seront contents.

Dans son corps épuisé, il lui semble entendre comme un doux bruissement de feuilles. Oui, il lui semble qu'une fleur est en train de pousser en elle, une fleur au cœur de soleil qui s'épanouit à une vitesse incroyable. Elle voit maintenant, très distinctement, les quatre pétales violets couverts de minuscules grains de pluie brillants comme de petits bijoux.

Un magnifique iris aux yeux violets.

Hôpital d'Aytré, Vendée, France
Service de psychiatrie, chambre 208, 1986

Nicanor avait répété maintes et maintes fois dans sa tête tout ce qu'il dirait à Amalia quand il la verrait. Il lui ferait des promesses. Et il passerait aux aveux. Il lui fallait obtenir une remise de peine. Cesser de se mentir à lui-même.

Quand il était entré dans la chambre 208 à l'hôpital d'Aytré, Amalia était en train de dormir. Une infirmière avait natté ses cheveux, un grand foulard bleu couvrait ses épaules et sa poitrine.

Il n'avait pas osé la réveiller.

« Amalia, écoute-moi.

« Pour ton retour chez nous, je t'ai acheté un chevalet et un grand tabouret. Bien sûr, tu pourras peindre debout. Tu feras comme tu voudras. Mais assise, c'est mieux. On est mieux, assis. On est plus stable. Pas de faux mouvements. Les idées, ça bouscule, quelquefois. On perd l'équilibre. Et il faut tout recommencer. Tu sais, un peu comme les repentirs, ces dessins qu'on recouvre d'une couche de peinture pour modifier la profondeur de la toile. Tu m'avais expliqué cela un jour.

« Parce que la guerre, hein ? C'est terminé ! Tu seras gentille. Une gentille alouette en somme... Et moi, je te le jure, c'en est fini de boire comme un trou. Un trou qu'il faut remplir, nécessairement... Parce que au bout d'un moment ça déborde et on se noie...

Ils vont te remettre en liberté, ma petite fille, mon alouette. Un peu de repos et tu vas retrouver tes idées. Bien en ordre, bien rangées, bien claires.

Je vais aller régler toutes les formalités, oui, régler tout ça une fois pour toutes. Définitivement. »

Nicanor tente de maîtriser les tremblements dans sa voix, dans son corps. Il est temps pour lui de s'en aller. Il en a fini avec les promesses.

À reculons, il est sorti de la chambre, il a refermé lentement la porte derrière lui mais ne se résout pas à lâcher la poignée, brûlante et glacée dans sa main.

Son visage se brouille, sa bouche s'affaisse, ses yeux s'affolent derrière ses paupières. On dirait que plus rien n'est à sa place.

C'est sa manière à lui de pleurer, lui qui a tant besoin des repentirs.

Nicanor ne se raconte plus d'histoires.

Il demande pardon.

Pour cette nuit-là. La nuit de la colère…

Quand il était rentré à la maison, ivre de vin et de bruits de chevaux, étourdi par la fumée des cigarettes et le vent salé qui poissait ses vêtements, il avait surpris Amalia et Juanito, l'une berçant l'autre entre ses genoux. Ils fermaient les yeux et chantaient ensemble un refrain argentin.

Il était resté là un moment à les regarder.

Ses genoux tremblaient. Son corps était assoiffé d'amour et de colère, ses mains dures comme du bois. Des griffes au bout des doigts.

Une fois de plus Amalia s'en allait à la dérive. Et elle emmenait son fils dans un pays qui n'était plus le sien.

Il s'était précipité dans l'atelier d'Amalia au fond du jardin et il avait crevé, éventré, lacéré tous ses tableaux, il avait souillé avec sa bouche les robes blanches des petites amoureuses, léché le bleu de leurs yeux et le bleu du ciel dans lequel elles s'envolaient. Et surtout il avait privé les danseurs de tango de leurs bras, de leurs souliers bien cirés.

Il se souvient. La couleur coulait sur ses doigts, grise et poisseuse.

« Au bout d'un moment ça déborde et on se noie. »

Hôpital d'Aytré, Vendée, France
Service de psychiatrie, chambre 208, 1986

Viens, mon tout-petit, mon amour, mon éclat de nous... Viens plus près, Juanito. Ce que j'ai à te dire, ça se murmure, ça se dit tout bas, comme dans le creux d'un coquillage. Viens, mon tout-petit, réchauffe-moi. Entre dans mes draps comme on entre dans le palais d'une reine qui sait qu'elle va mourir. C'est l'heure des secrets. Oui, c'est une bonne heure pour raconter les secrets merveilleux. Plus près, encore plus près. Ma voix a tant de peine. Le temps en est la cause.

Mais d'abord il faut que je te parle de Soledad, ta grand-mère.

Dans le quartier, les mauvaises langues, les raisonneurs, ceux qui ne voient que l'épaisseur des choses, l'appelaient la *flaquita borracha* parce que au moindre coup de vent, au premier rayon chaud, au moindre mot un peu rude de maître Tapia, ton grand-père, elle semblait perdre l'équilibre, chavirer comme une femme ivre, une femme en manque de mots bien à elle pour l'arrimer suffisamment à la terre.

Quand nous sortions le dimanche pour nous rendre à la messe, mon père marchait devant, ma mère trois pas derrière et moi, dans son sillage, je surveillais le moindre de ses pas, les mains en avant. J'étais son dernier rempart, sa petite ombre, son grand amour.

Ma mère.

Qui laissait glisser de ses épaules, de ses hanches étroites, son long foulard de soie bleu.

Je le nouais autour de ma taille et me sentais plus forte, protégée des mauvais sorts, des dents de loup, des yeux glacés.

Mon ventre était à l'abri.

Nous attendions le soir pour nous retrouver, oublier les bruits de la rue, et surtout pour échapper aux silences tendus et menaçants de maître Tapia.

Toute une heure, rien qu'à nous !

Celui qui réglait nos cœurs et nos désirs le jour durant s'enfermait dans son bureau après dîner.

Oh ! Il aurait bien pu tendre l'oreille, nous épier par le trou de la serrure, il n'aurait rien su de notre enchantement. Nous parlions à voix basse. Nos chuchotements, nos souffles, nos essoufflements, ces éclats dans nos yeux, il n'aurait pas seulement pu les imaginer…

Elle s'allongeait près de moi – comme toi, Juanito, tout

comme toi en ce moment même. Nous relevions le drap au-dessus de nos têtes et elle me racontait les légendes des Indiens Mapuches, ces redoutables guerriers d'Araucanie. Je lui réclamais souvent l'histoire du valeureux Calvumil et de son épée extraordinaire, parti à la recherche de l'herbe à fleurs jaunes qui seule aura le pouvoir de guérir le chef du village, son père, ou celle de l'alouette qui posait trop de questions et qui termina sa course sur le soufflet d'un forgeron.

Mais celle que je préférais, c'était celle de Huenchumir, le fils de l'ours, qui grandit dans les ténèbres et découvrit la lumière et les oiseaux merveilleux dont lui avait parlé sa mère. Il tua son père, l'ours sanguinaire, ne craignit ni le tigre féroce ni la couleuvre qui retenait dans ses anneaux une jeune et belle captive, et surtout il avait vaincu le terrible Cherruve, l'ogre qui dévorait les hommes et les bêtes dans la contrée des Hommes-du-Pain, un peuple pacifique qui n'avait jamais réussi à le tuer.

Mais ma mère ne parvenait jamais au bout de son récit – qu'était devenu Huenchumir en revenant au pays du fils de l'ours ? Trop tôt, bien trop tôt, nous entendions une porte claquer, un raclement de gorge. C'était le signal, il fallait nous quitter, et en guise de prière, en nous tenant les mains, nous récitions les vers d'un poème, toujours les mêmes :

Poésie, patrimoine étoilé, il faut entamer peu à peu la pierre qui écrase, dissoudre peu à peu le minerai de l'âme jusqu'à ce que tu sois celui qui lit, jusqu'à ce que l'eau chante par ta bouche. C'est une ombre au toit crevassé mais où dans chaque trou il y a une étoile.

Souviens-toi, Juanito, que tu es cette étoile dans une trouée d'ombre et que tu sauras entamer un jour la pierre qui écrase et dissoudre le minerai de ton âme.

Moi, je n'ai pas su. Pas vraiment. Je n'ai pas eu ce temps-là, ou si peu.

Mais quand le plafond s'écroule, quand l'ombre écrase ma figure, quand les chiens jaunes me montrent les dents, quand les fleurs ne s'émeuvent même plus du temps qui passe, je redeviens petite, Juanito, j'entends tout bas les mots qui me consolent et je retourne dans le désert d'Atacama, avec ma mère, avec Maryca, avec mes souvenirs. Je me couche sur les fleurs et j'ai le ciel à fleur de peau. Mais ça ne dure jamais très longtemps. La terre reprend son dû. Elle exhibe partout autour de moi la blancheur écœurante de leurs os cassés, brisés, martyrisés.

Et des têtes sans yeux me sourient, abominablement.

Mais mon corps ne tremble plus, Juanito. Il fugue entre les vides et les pleins, passe et repasse entre les plis de la mémoire. Lorsqu'il quitte le désert d'Atacama, il revient s'affaler sur un grand tas d'ordures.

Je le vois bien, d'où je suis, dans ma chambre-boîte, ici, à l'hôpital d'Aytré, quand j'ouvre grand les yeux, j'ai une vue imprenable sur un corps détroussé. Une poupée cassée. Les yeux vides. Cheveux coupés.

Coupés ras.

Et un peu plus loin j'aperçois, comme un viscère abandonné, un abat répugnant, plus mort que ce corps assailli, une tresse de cheveux blancs emmêlée d'un ruban rouge.

C'est là qu'un pauvre hère, un éboueur, m'a remise au monde une seconde fois. Il savait, lui. Il était au courant de ce qui se faisait là-bas, à la Villa Grimaldi, et il a tout de suite compris. En fin connaisseur de la décharge, il en avait observé les coutumes. C'est là que les tortionnaires jetaient les prisonniers vivants dont ils voulaient se débarrasser. Ceux que la torture n'avait pas permis de faire parler.

Je suis revenue à la Villa rouge.

Ta grand-mère Soledad m'a veillée jour et nuit sans dire un mot, sans me toucher. Elle se contentait de respirer. Elle ne faisait que cela, m'aider à respirer. Je me souviens. C'était sa façon à elle de me ramener à la vie, à la surface. C'était comme le vent en automne, comme le bruit des vagues, la nuit, sous les étoiles. Elle m'aidait à ne pas suffoquer, à ne pas me noyer dans les sanglots secs qui me déchiraient le ventre. Elle savait, elle, qu'il était bien trop tôt pour les mains amies, des gestes tendres, les paroles douces et le miel de la compassion.

C'étaient des mains étrangères qui me soignaient et me nourrissaient. Des mains de femmes, mécaniques et précises.

Nous avons respiré ensemble pour te faire de la place, Juanito, pour chasser tous les mots qu'ils avaient fait entrer de force comme des oursins dans mes oreilles, dans mes narines et dans ma bouche. Nous t'avons rendu au silence et au repos. Et quand le temps de la parole est venu, nous t'avons appris à rêver.

Il y avait tant de choses qui t'attendaient ici…

Les fleurs aux ombelles de dentelle blanche dans le jardin, la lumière humide et bleue qui pousse entre les feuillages après la pluie, le ventre grenache de la lune les nuits de tempête et d'orage, et nos quatre mains pour te bercer, nos langues déliées pour t'enchanter avec nos histoires à dormir debout, pour te rendre aussi fort que les gens de la terre, ces guerriers vifs et rapides qui savent comment tromper le terrible Cherruve et ont appris des oiseaux « l'espoir assoiffé, la certitude et la vérité du vol ».

Je voulais te raconter à toi seul comment se termine l'histoire de Huenchumir, le fils de l'ours. Après bien des épreuves, il pardonne au terrible Cherruve, qui se transforme en aigle, et avec sa femme au couteau d'or il escalade la paroi d'une immense grotte pour recouvrer la liberté.

Après bien des épreuves, Huenchumir est devenu un homme pour de bon.

Et puis un jour je me suis sentie prête. J'ai voulu revoir le jardin derrière la Villa rouge, là où, dans un autre temps de ma vie, les herbes poussaient comme elles voulaient, toujours belles, toujours indisciplinées. Elles tendaient leur cou immense vers le soleil. On peut dire qu'elles avaient le sens de la démesure.

Des herbes folles, en somme.

Mais la terre avait été rasée de près. Il ne restait plus qu'un gazon bien sage débarrassé du désordre de la nature.

Pourtant sous les buissons taillés à angle droit je savais qu'elles n'étaient pas loin, qu'elles traverseraient encore la terre pour offrir au monde leurs moignons de fleurs sauvages.

Mon père hantait toujours les lieux, même s'il s'absentait de plus en plus souvent. Il voyageait...

Je le croisais quelquefois en revenant du jardin ou bien il surgissait au bout d'un couloir. Il ne disait rien. Il rasait les murs et baissait la tête. Il se contentait de laisser traîner des silences poisseux qui s'insinuaient dans mes yeux, dans mes oreilles : je ne perdais rien pour attendre.

Et en effet je n'ai pas attendu très longtemps.

Un soir Nicanor a frappé à la porte de la Villa rouge. Je ne l'avais pas revu depuis qu'il était venu avec son père, un célèbre magistrat de Valparaíso, grand amateur de chevaux et de vin. Nicanor avait alors une quinzaine d'années et moi à peine huit ans. Il me regardait jouer avec mes poupées, des Maryca de papier, de tissu, de feuilles et d'épis assemblés. Je leur racontais des histoires et lui, il écoutait. Je n'osais pas le regarder, mais je pouvais deviner à sa façon de respirer que j'avais le pouvoir de l'effrayer, de l'apaiser ou de le rendre heureux, comme un petit enfant. Mes histoires étaient cruelles, mais leur dénouement toujours magnifique et souvent plus long que le récit lui-même. Je voulais des fins qui durent longtemps, des fins qu'on pourrait traîner ensuite tels des fils de soie, qu'on enroulerait autour de ses poignets comme des bracelets étincelants.

Et ce soir-là, quand il est venu me rejoindre sous la véranda, ma mère lui a laissé sa place à côté de nous – toi toujours à l'abri dans mon ventre de laine – et j'ai su que c'était pour toujours.

Soledad avait dû signer quelque part au bas d'un acte notarié, elle avait dû consentir, dire : Oui, señor, no, señor, de sa voix de poupée, encore une fois contrainte de le regarder dans les yeux, tout au fond. Et puis elle avait dû se taire et sentir son corps saigner à l'intérieur, sa poitrine se tordre comme un linge mouillé.

Nicanor n'était plus l'adolescent timide que j'avais connu lorsque j'étais enfant. Il ne s'est pas contenté d'écouter le vent dans les arbres et le silence qui avait remplacé mes histoires d'autrefois. Il a pris la parole avec l'autorité des maîtres, des notaires et des hommes qui ne savent pas ce qu'ils font.

Il me parlait de toi, l'enfant à naître, de moi, de cette famille qui serait la sienne désormais.

Soledad avait signé.

Il est revenu tous les jours s'asseoir à la même place dans le jardin, ou sous la véranda. Il me lisait les pages d'un livre et parfois les vers d'un poème qu'il avait écrit pour moi pendant la nuit.

D'autres fois il me parlait de sa maison fleurie aux volets bleus, à La Faute-sur-Mer, en France, où nous irions vivre. Il racontait les marais, les chemins d'eau entre les herbes, le chenal de la Raque, les promenades le long du fleuve et au bord de la mer. Bientôt nous quitterions le Chili pour nous installer dans un autre pays. Un autre océan nous ouvrirait les bras, laverait à grands coups de vagues nos blessures et notre honte. Et puis un jour son nom effacerait le nom de ton père à jamais.

Les mots tombaient de sa bouche comme des briques, lourdes et compactes. Il en tombait assez pour nous emmurer tous les trois, pour nous cacher le soleil, pour éloigner les chants des oiseaux. Sa voix rayait le temps et l'espace, elle dérangeait toutes les perceptions et jusqu'à la moindre sensation, comme si les mots pouvaient m'empêcher de regarder par-dessus bord et de basculer la tête la première dans des rêves incompréhensibles.

Alors, pour ne plus rien entendre de lui, je haussais le ton. Je parlais une autre langue, *el ayer, el dolor, oyes el compas*, je couvrais sa voix avec d'autres voix, *je te cherche et je te trouve*, plus familières, *clarté lunaire, épi secret*, plus puissantes, *femme coquelicot, femme guérillero*, ou plus sonores, *argile, corolle et citronniers*. Toutes les phrases, les vers, *la ronde peau de ce fruit sombre*, les refrains, *como una flor seremos, dame la mano y danzaremos*, et les mots de ceux qui m'avaient accompagnée, *la houle de l'avoine, navire voguant sur la douceur*, consolée, *regarde-moi*, amants fidèles, *parfois mes baisers vont sur ces bateaux graves*, mémoires vives, *baiser victorieux*, je les laissais entrer dans mon crâne, je les laissais reprendre leur place, danser, défiler, donner de la voix, s'époumoner… *et mon cœur flamba, flamba, flamba…*

Et puis un jour le nom de mon amour a traversé le temps et l'espace, comme une flèche, un jet de pierre. Il a fait vibrer mes nerfs et sonner mon cœur.

Les voix à l'intérieur de ma tête se sont tues. Elles se sont brisées en mille petits morceaux de verre.

Nicanor avait jeté son nom à mes pieds comme pour me dire : Vois ce qu'il est devenu, celui que tu as aimé : rien que des lettres mortes, salies, découronnées.

Eugenio Rosas Contador.

Mais moi, dans l'herbe, à mes pieds, j'ai vu le nom d'un roi.

Le nom d'El niño et le nom de ton père.

Vois ce qu'il est devenu, celui qui t'a trahie…

El niño dansait sous les lampions de papier les soirs d'été, il souriait sur mon cou, sur ma bouche.

Il a donné des noms et des adresses. Il n'a pas tenu très longtemps.

El niño donnait des couleurs aux oiseaux, aux étoiles, sur les murs de la ville.

Tu ne voyais rien, il s'est approché, il a dit : Oui, c'est elle.

Un espoir nouveau.

Mais toi tu n'as rien dit parce que tu n'avais rien à dire.

Tu as raison, Nicanor, je n'avais rien à dire.

C'est comme ça que ça s'est passé, non ?

J'ai perdu ma langue.

Je l'ai perdue au bord du fleuve Mapocho un matin de juillet. Il faisait froid. Le ciel bleuissait à peine. Et soudain cette main comme une lame glacée.

J'avais déjà tourné les talons. Fuir, ne rien voir, faire comme si, effacer d'un coup de crayon les hommes en gris, crever l'image abominable – ils s'envoleraient, c'est sûr, comme des ballons de baudruche –, réveiller le sourire d'El niño, lui chuchoter à l'oreille un secret merveilleux, celui de ta naissance.

Je voulais seulement traverser le fleuve…

Hôpital d'Aytré, Vendée, France
Bureau du Dr Taven, 1986

À l'endroit, à l'envers.

Amalia compte et recompte les lettres inscrites en creux sur la petite plaque de cuivre.

DOCTEUR TAVEN
PSYCHIATRE

Elle les isole, les déplace, les fait résonner dans sa tête, cherche d'autres mots qui pourraient couvrir la voix d'Iris, qui parle trop vite et trop fort.

« Psychiatre, âtre, acariâtre, pâtre, patrie, partir… Psychiatre, âtre, acariâtre, pâtre, patrie, partir… » Les mots tournent en boucle dans sa tête.

Amalia se balance d'avant en arrière, les mains plaquées sur ses oreilles. Les mots bourdonnent, s'entrechoquent, s'écorchent et donnent naissance à d'autres mots plus rudes, plus complexes, une langue nouvelle qui la distrait un instant, lui accorde un répit.

Brouiller la voix d'Iris, la rendre blanche, l'anéantir, couper la parole, tout faire pour ne plus entendre les questions qui traversent l'espace comme des flèches. Elles sont rouges, jaune feu, violacées. Effrayantes.

Elle ne veut ni les entendre ni les comprendre, elle ne veut plus répondre aux questions, à aucun interrogatoire. Jamais. Il y a douze ans, on l'a interrogée à la Villa Grimaldi, l'un des principaux centres clandestins de détention et de torture à Santiago. À coups de menaces et de mensonges. Des mains dures avec des bagues. Humiliée, battue, dépossédée.

DOCTEUR TAVEN
PSYCHIATRE

Si elle ouvre la bouche, les mots vont tomber.

Que pensera Iris quand elle s'apercevra que ce sont des mots inconnus, des mots étrangers qu'elle serait bien incapable de traduire ? Comment pourrait-elle dénouer les fils de son histoire ?

Oui, comment Iris le pourrait-elle ? Elle qui porte un nom de fleur. Un nom en couleur fait pour les vases et les jardins. Une fleur qui s'offre au soleil, à la pluie en avril, sans faire d'histoires, sans se poser de questions.

Amalia sait qu'elle s'appelle Iris parce qu'elle a entendu un jour une infirmière l'appeler par son prénom.

Un nom de fleur.

Une histoire de fleur.

Et une histoire d'œil aussi. De regard.

Amalia se demande ce qu'elle pourrait voir dans les yeux d'Iris.

Alors elle cesse peu à peu son balancement, ôte les mains de ses oreilles.

Dans sa tête, les mots ne font plus autant de bruit.

Elle peut maintenant regarder le cou blanc, la bouche close. Et le regard clair et tranquille d'Iris.

Qui ne réclame rien, n'attend rien.

Des yeux comme des alliances dorées.

Amalia sait que le temps de la parole est venu. Elle peut désormais s'éloigner sans crainte de l'ombre des maux qui la retenait prisonnière.

Elle va retraverser le fleuve. Elle sait qu'Iris sera assez forte pour la tenir par la main, pour la relever si elle tombe à nouveau.

Oui, elle va retraverser le fleuve, pousser la porte de son atelier rue Ricantén et retrouver ce qui manquait à sa vie.

« Docteur Taven, donnez-moi des couleurs, des crayons, du papier. Rendez-moi aux couleurs, docteur Taven. »

Santiago du Chili
1992

¿ Oyes el compas ?
Entends-tu le battement ?

De dos.

Deux os saillants portant sans élégance un tricot qui se démaille.

Eugenio ne prend plus la peine de lever le talon, ses pieds glissent dans les chaussures trop grandes. Derrière lui, devant lui, les jambes des passants, raides comme des compas.

N'a plus de force dans les yeux pour s'attendrir sur le chien qui dort avec un chat entre ses pattes, sur l'oiseau mécanique qui pique un mégot dans le caniveau.

Se cogne aux barreaux des chaises sorties sur le trottoir – il fait si chaud en cette fin d'après-midi, où les ombres s'allongent en tremblant.

Pourtant c'est là que les vieillards tout à l'heure se tairont sur son passage. Ils penseront seulement : Regardez, ce soir, il a coiffé ses cheveux.

Eugenio a rendez-vous avec ses souvenirs dans l'atelier de la rue Ricantén, au numéro 20. Il a gardé dans sa poche la clé qu'Amalia lui avait confiée. Il s'y rend une ou deux fois par mois, quelquefois le mardi, d'autres fois le jeudi, ou un autre jour – il ne fait pas attention, le temps a passé son chemin. Et lorsqu'il a franchi la porte de l'atelier, celle avec une main de bronze empoignant une boule, il ouvre les fenêtres et vient s'asseoir, comme toujours, devant *Les Amants aux pommes*.

Et il attend. Il attend que le tableau lui parle. Rien qu'à lui. Lui fasse un signe. Rien que cela. Mais rien ne se passe. Il regarde ces amants qui n'en finissent pas de naviguer et qui pâlissent avec le temps, l'obscurité et l'humidité du lieu.

Mais Amalia est partie. Cela, il le sait. Et elle ne reviendra pas.

Quand il avait retrouvé quelques forces après son arrestation, il s'était aventuré plusieurs fois vers la Villa rouge, il avait guetté, derrière les rideaux du premier étage, une ombre, un signe, une présence. Il voulait seulement revoir son Amalia, libre et vivante.

Et puis un soir, un soir de trop, quand maître Tapia s'était penché à la fenêtre – il ne s'était même pas donné la peine de descendre pour lui ouvrir la porte –, il lui avait dit : « Amalia est partie » et lui, il n'avait pas osé lui demander : « Partie où ? Partie pour quoi, partie sans moi, partie sans son amour, son bourreau, son danseur de tango, son peintre du dimanche ? »

Il s'était contenté de lever les yeux et ceux de maître Tapia s'étaient écrasés comme des œufs sur sa figure. « Il n'y avait pas d'autres moyens. »
Alors le temps sur lui s'était refermé comme une écorce brûlée.

Et maintenant qu'il est arrivé au numéro 20 de la rue Ricantén, quelque chose retient son bras, peut-être un changement de lumière, comme lorsque le ciel s'ennuage et recouvre la ville d'une brume humide et sale, alors que l'instant d'avant elle émouvait encore le regard. Oui, la lumière a baissé d'un ton et la porte verte avec son heurtoir en bronze – une main empoignant une boule – semble s'enfoncer dans le mur de l'atelier. Le monde rétrécit, il n'a plus la même couleur ni la même épaisseur.

Il entend dans son corps, dans ses veines, le flux et le reflux de son sang. Pareil à un chuchotement dans son cœur. Eugenio pense qu'il n'est plus qu'une ombre bruyante qui va s'évanouir avec le soleil couchant.

Mais il ne se dissout pas dans l'air blanc de cette fin d'après-midi, il ne se brise pas en mille morceaux comme un vase qu'on aurait recollé maintes et maintes fois. Au contraire, il sent la terre sous ses pieds, et c'est une eau claire et tiède qui monte dans son corps, dans ses jambes, dans ses bras, dans chacun de ses doigts, jusque dans son cerveau.

Une étrange quiétude l'envahit.

Maintenant il peut entrer, laisser les lumières du soir flotter comme bon leur semble dans la pièce, et s'approcher enfin du tableau.

Cette fois-ci il ne cherche rien, n'attend aucun signe – signe que le tableau est vivant –, il se contente de regarder les amants aux pommes se sourire l'un à l'autre.

Peu à peu l'obscurité les enveloppe, les soustrait à sa vue dans un espace qui ne le regarde plus, tandis que lui s'éloigne du tableau, prend de la distance.

Et réapprend à marcher.

D'abord la pointe du pied, doucement, puis le talon, lentement, les pieds glissent l'un après l'autre en suivant une ligne invisible sur le sol. Il avance, puis s'éloigne à nouveau, cherche ses pas, son équilibre. Il éprouve le poids de son corps, tantôt à gauche, tantôt à droite. Il lève un bras, puis l'autre, un peu moins haut celui-ci, l'arrondit, soutient un corps imaginaire, son regard est plus clair, plus fier, plus hautain.

Il réapprend à marcher comme un vrai danseur de tango.

El niño entend enfin la terre chanter et il danse. *Un cœur bat… Il me semble te voir revenir à l'adieu. Quel bonheur !… Tu verras, amour, comme tu seras heureux, entends-tu le battement ?*

Et tout contre sa poitrine il sent deux cœurs battre à l'unisson, celui d'Amalia, qui lui a enfin pardonné, et un autre, plus petit, qui ne le quittera plus.

Sur le tableau les amants aux pommes continuent leur voyage, guidés par un escargot tout blanc qui fonce vers le large. C'est à peine si on le distingue au milieu des vagues remuées de ciel et d'écume, mais il a l'air de nous dire : On ira jusqu'où on ira, peut-être pas au bout du monde mais entre le ciel et la mer, toujours.

Santiago du Chili
1992

Ahi donde se acaba la tierra.
Là où s'achève la terre.

Juan Basoalto Rosas Contador quitte l'aéroport Arturo-Merino-Benítez et demande au chauffeur de le conduire rue Ricantén. Il écoute l'homme lui parler dans sa langue et peu à peu lui aussi sent remuer dans sa bouche les mots cailloux, les mots cassés, ceux qui font le gros dos et ceux qui se laissent caresser.

C'est la belle langue mère qui revient, comme reviennent le bruit de la mer dans ses oreilles et tout contre, tout contre, la fraîcheur d'un coquillage volé au sable mouillé, le doux froissement des cuisses sous la robe relevée.

Le voilà revenu, là où s'achève la terre, dans le pays de son enfance contée.

À travers la vitre du taxi, il voit défiler des corps pressés, des chiens errants, des arbres solitaires, et dans le ciel d'hiver, blanc et cotonneux, là où la lumière joue à se cacher, il croit reconnaître les visages graves et nobles des guerriers mapuches et surtout, plus vivant que tout, le sourire triomphant de Huenchumir, le fils de l'ours, qui est devenu un homme pour de bon.

Ce sourire sera sa force.

Le taxi le dépose au coin de la rue Ricantén – le froid lui mord la langue, le froid lui rentre dans les yeux.

C'est à peine s'il prête attention à l'homme qu'il croise en sens inverse et qui marche au beau milieu de la chaussée, le pas souple, le regard fier. S'il avait tendu l'oreille, Juanito l'aurait peut-être entendu chanter un air ancien, un de ceux que l'on chante aux petits enfants pour les endormir. Mais il chantait si bas, si bas…

Il s'arrête au numéro 20, devant la porte de l'atelier, celle avec une main de bronze empoignant une boule. Il sort de la poche de son blouson la petite clé plate qu'il avait trouvée fixée avec du ruban adhésif derrière le cadre aux tulipes rouges, dans la chambre de sa mère, à l'hôpital d'Aytré. C'était le secret d'Amalia. Elle le lui avait confié quand il n'était encore qu'un enfant. Il était entré dans le lit, il avait relevé le drap au-dessus de leurs têtes et il avait appris le secret de sa naissance.

Rien de ce qu'il verra ensuite ne lui semblera étrange ou étranger.

Ni le panama à ruban noir assoupi sous la table, ni la chaussure de femme, tout à côté, fatiguée, délacée, ni les colliers de coquillages à moitié échappés d'un tiroir, pas plus que le grand foulard bleu jeté sur l'abat-jour lorsque la nuit sur eux s'est abattue.

Mais il y a une chose que Juanito ignore tout à fait, c'est ce que lui racontera le tableau sur le chevalet.

Du tableau, maman-tortue n'a presque rien dit. Seulement le nom : *Les Amants aux pommes*. Et depuis il tourne et retourne ces mots dans sa bouche comme des friandises. Ils fondent en couleurs chaudes et sucrées, fraîches et acidulées. Et quelquefois la nuit, dans son lit, ses mains se lèvent et tracent dans le noir des courbes, des arcs, des formes pleines et irrégulières. Ses doigts crayonnent, effacent et puis recommencent. Ils s'en vont chercher dans un ciel imaginaire des couleurs derrière la nuit, des orangés, des rouges sombres, des verts somptueux qui lui font tourner la tête.

Mais ses mains continuent de pétrir, de façonner, et quand le fruit merveilleusement imparfait s'impose entre tous, il peut enfin le fendre, l'écarter, respirer la chair, approcher les lèvres…

Quand il sent dans son ventre des flots affolés de papillons qui claquent des ailes, la nuit devient blanche. Ruisselante.

Et maintenant il est là, devant le chevalet. Il a fermé les yeux comme il les a fermés tant de fois face à la mer, jouant à les rouvrir puis à les refermer. Et chaque fois une surprise nouvelle, des accélérations de lumière, des chatoiements de corps et d'eau, des disparitions mystérieuses.

Il ouvre les yeux.

Ce sont eux sur le tableau.

Sa mère. Son père. Ensemble. Embrassés.

Autour d'eux les fruits succulents.

Une noce d'eau, d'ombre et de lumière.

Ils vont sur la mer, dans une belle et vaste baignoire incrustée de dentelle.

Les pattes de lion frôlent les vagues étincelantes.

À la proue, pourtant, un escargot s'épuise.

Un ange, à l'arrière, retient son souffle.

On dirait qu'ils n'avancent plus, qu'ils prennent tout le temps qu'il faut pour attendre.

Regarde, Juanito… Pour l'attendre, lui, qui se fit tout petit et plus petit encore.

Le jour où. Les nuits et les jours où. *Regarde bien…* On aurait dit que l'orage était en train de fracasser le ciel ! *Regarde plus haut…* Les cris aigus comme des couteaux et le silence juste après... *Jusqu'en haut du ciel...* Ni lunes ni soleils. Jamais. *Il est temps.* Enfermé dans son corps. *Le temps est venu, Juanito, c'est maintenant.*

Son regard revient au présent et se pose sur un petit coin de ciel bleu laissé vide au bord du tableau qu'aucune ombre ne vient troubler, pas même l'or du soir qui descend sur le couple enlacé. Et c'est dans ce minuscule espace que Juanito va puiser la force de se souvenir, c'est dans le bleu du ciel qu'il entendra de nouveau les histoires de son pays, la voix de sa mère. Il lui semblera distinguer dans le noir le reflet métallique des ailes de l'Alicanto, cet oiseau fabuleux qui se nourrit d'or et d'argent dans le désert d'Atacama et qui ne se montre que la nuit. Gare à ceux qui le poursuivent dans l'espoir d'obtenir la fortune ! L'oiseau peut les conduire à l'endroit exact où se trouvent de riches gisements ou des trésors enfouis, mais il peut tout aussi bien les égarer en chemin, les aveuglant au milieu d'une route ou au bord d'un précipice.

Et Juanito sera de nouveau ébloui par le miroitement de la ceinture de nacre de la Pincoya qui danse sous la lune avant de replonger dans les eaux profondes de l'archipel. Ses longs cheveux roux se répandent en cascade sur ses épaules : elle est si belle que les poissons eux-mêmes en restent bouche bée.

Si la Pincoya danse le visage tourné vers la montagne, les marées ne laisseront rien sur la plage et l'on ne trouvera plus ni poissons ni fruits de mer, mais si au contraire elle regarde la mer et répand autour d'elle des poignées de coquillages, alors l'abondance sera grande pour les habitants de l'île.

Mais c'est une autre histoire qui lui revient du fond de sa mémoire. Non pas l'une de ces légendes rapportées du désert d'Atacama ou de la Terre de Feu qui rendaient ses nuits un peu moins ténébreuses, mais une de ces histoires que la nature nous raconte et qui nous émeuvent bien plus encore.

Il était une fois un goéland gris à tête blanche parti pondre ses œufs dans le désert d'Atacama, non dans un nid mais à même le sol. La mère-oiseau étend ses ailes au-dessus d'eux et protège ses petits des rayons brûlants du soleil.

Elle est là, sur le tableau, sa mère-oiseau, son ombre-belle. Et son père, au-dessous d'elle, retarde son envol avec ses mains, avec ses yeux. Reste encore un peu !

Ils naviguent entre mer et nuit et tissent autour d'eux une ombre fantastique, fraîche et apaisante, rien que pour lui, Juanito Flaquito qui n'est pas encore né, l'éclat qui manquait au tableau.

Maintenant il peut les rejoindre, se fondre dans la peinture, se couvrir de lumières, traverser les ombres noires dans la mer, rouges au-dessus, et se nicher dans le petit coin de ciel tout en haut du cadre.

C'est à son tour de veiller sur les amants aux pommes. Ils ne cesseront jamais d'être ensemble.

Et lui, Juan Basoalto Rosas Contador, il sait qu'il pourra devenir un homme pour de bon.

Hôpital d'Aytré, Vendée, France
1992

Je suis passé à l'exil
quelque part entre le connu et l'inconnu
entre la réalité et l'imaginaire
Là où commence la poésie.

Roberto Matta

Tu ouvres les yeux.

Sur le mur, le cadre aux tulipes rouges est légèrement de travers. Les fleurs expirent en silence, penchent leur col, cherchent une issue, pâlissent sans grâce, accueillent sans mémoire le soleil qui les dévore. Des fleurs peintes à la hâte pour habiller les murs blancs d'un hôpital psychiatrique.

Alors enfin tu voudrais repousser le drap que tu avais remonté la veille jusqu'en haut du cou, une pelure de drap, un drap mou et léger, un de ceux qui laissent deviner tout le corps, qui ne cachent rien des soufflures, des bouffissures, des dépressions, des plis de chair froissée, et jusqu'à la ligne crénelée des pieds dont on devine que l'ongle du gros orteil pourrait à tout moment percer le tissu usé et t'épingler là, pour de bon, dans la chambre-boîte de l'hôpital d'Aytré, comme un insecte qu'on laisserait sécher puis qu'on s'empresserait d'oublier.

Mais pendant combien de temps ?

Combien de temps, Amalia, avant de rejoindre définitivement la boîte à ordures, là où sont toutes les autres ordures ?

Il est temps d'éloigner de ton corps ce que tu prends trop souvent pour le ciel au-dessus de toi, avec ses ombres et ses coulures de faux soleil. Il est temps de te découvrir, de sortir de la boîte.

Regarde devant toi, Amalia, et ne laisse plus personne te couvrir de honte. Regarde bien ! Quelque chose vient d'arriver.

Là, sur le mur, en face de toi, ce gros sou de lumière blanche qui frémit, qui semble n'attendre qu'un signal de ta part pour embraser l'espace, le parcourir, l'explorer.

Tu sais bien pourtant que ce ne sont que le soleil et le vent emmêlés dans les feuillages, mais tu es prête à entendre ce murmure, à deviner ce qui se joue là, entre les ombres.

Et voilà que sur le mur la lumière donne naissance à une

autre lumière, tout aussi ronde, tout aussi brillante, tout aussi vivante. Elles s'amusent à se courir après, n'importe où, n'importe comment, elles se frôlent, se confondent, puis se séparent et reprennent leur course joyeuse.

Ce n'est que le vent.

Ce n'est que le jeu du vent dans les feuillages.

Pourtant ces deux lumières-là te rappellent un soir où le vent était plus bruyant encore, plus lourd, plus odorant. Tu dansais, les grandes mains d'El niño autour de ta taille. Il te soulevait de terre comme un père aurait fait avec son enfant, comme tu le faisais avec Maryca dans le jardin de la Villa rouge.

Tu te souviens de ce tournoiement. Il te semblait que ta figure et tes cheveux frôlaient le ciel tout embrouillé d'étoiles. Et tu te disais : Ce n'est plus vrai, ce n'est pas vrai, la nuit ne tombe pas, la nuit n'est pas ma tombe.

Tu regardes tes mains s'ouvrir et devenir étoiles. Elles sont impatientes, impétueuses. Elles jouent leur petite musique et c'est merveille. Elles ont hâte.

Parce que tu sais que, malgré tout, il te reste cela.

Le geste de peindre.

FIN

J'ai rencontré *Les Amants aux pommes* à l'ambassade du Chili, à Paris, en janvier 2015.

L'artiste, Irene Dominguez, m'avait invitée au vernissage de son exposition et à la présentation de son livre, *Le Tango de ma vie…*

Nous nous étions connues chez des amis communs et j'avais eu plusieurs fois l'occasion de me rendre dans son atelier, rue des Rosiers, à Saint-Ouen. Je l'avais vue travailler. J'aimais sa peinture, son univers et la femme qu'elle était : sombre et joyeuse, pudique autant qu'exubérante, aimant chanter et danser le tango.

« Son œuvre, écrit Milan Ilevic, directeur du musée des Beaux-Arts de Santiago, est une histoire de corps féminins, de femmes qui dansent et qui chantent. »

En effet ce sont des corps en route, qui s'animent, frémissent et se lèvent. On entend presque la musique et le vent souffler dans les cheveux des femmes.

Quand on regarde sa peinture, on a souvent l'impression qu'elle est sur le point de sortir du tableau pour nous rendre la vie plus joyeuse !

À l'entrée de l'un des salons de l'ambassade une grande photographie en noir et blanc montrait Irene posant aux côtés de Michelle Bachelet, alors présidente de la République du Chili.

Elle fut ma première porte d'entrée.

Puis je suis allée à la rencontre des tableaux – dont certains m'étaient familiers : *Le Cri musical*, *Tango double*, *El día que me quieras*, *Protège-moi* – et je me suis arrêtée devant *Les Amants aux pommes*.

Au premier regard, la scène paraît naïve.

Un couple en tenue de ville navigue dans une vaste baignoire incrustée de dentelles qui déborde de pommes rouges, fraîchement cueillies – certaines sont entières, d'autres en quartiers. Le ciel et la mer se confondent, remués d'or sombre, de bleus glacés.

À l'avant et à l'arrière de cette curieuse embarcation, deux angelots fantomatiques les escortent, les cheveux au vent. Celui qui se tient à la poupe nous regarde d'un air malicieux, complice. Au bord du cadre, en bas, à droite, un drôle d'escargot tout blanc les précède.

L'homme porte un costume noir et un chapeau de la même couleur. La femme au-dessus de lui est vêtue d'un vêtement clair avec des chaussures assorties. Elle semble sur le point de s'envoler, mais elle a passé un bras autour des épaules de son amant, sa main protégeant sa nuque.

L'homme et la femme se regardent avec la gravité de ceux qui ne veulent plus se déprendre.

Quel amour, quel pacte secret les unit ? Où s'en vont-ils ainsi entre la mer et le ciel ?

C'est l'intensité de ce regard qui retient mon attention.

Il n'a rien de naïf.

Il fut ma seconde porte d'entrée.

Un peu plus tard, alors que je quittais les salons de l'ambassade, ces vers du poète chilien Pablo Neruda me sont revenus en mémoire : *Regarde-moi, regarde-moi en cette nuit où je navigue, et où mer et nuit sont tes yeux. Je ne suis pas sorti de toi quand je m'éloigne.*

J'ai voulu embarquer avec les amants aux pommes. Naviguer avec eux. À contretemps. À contre-courant.

Des vents brutaux les ont repoussés vers des territoires tourmentés, des rêves inachevés.

Ils ont su traverser les vastes immobilités de la souffrance et du deuil – de la folie aussi –, et retrouver au fond d'eux-mêmes la force de se souvenir.

Mes amants aux pommes.

Amalia et Eugenio Rosas Contador.

De la même auteure

L'Envoleuse, Verdier, 2014
Grichka, Verdier, 2016

Composé d'après les maquettes de Cheeri,
en sabon et en fedra mono, par Nord Compo,
ce texte a été achevé d'imprimer au seuil de l'hiver 2023
chez Normandie Roto Impression s.a.s.

Dépôt légal : mars 2023. N° 153020 (2300252)